영어와 함께 읽는

AESOP'S FABLES
이솝우화

영어와 함께 읽는

AESOP'S FABLES
이솝우화

초판 1쇄 발행 | 2021년 9월 1일

옮긴이 | 최화경
펴낸이 | 이원호
디자인 | 디자인모노피㈜

펴낸곳 | 리나북스
등 록 | 제99-2021-000013호
주 소 | 경기도 남양주시 와부읍 덕소로97 101, 104-902
전 화 | 031)576-0959
이메일 | rinabooks@naver.com
구입문의 | rinabooks@naver.com

ISBN 979-11-974084-1-0 03840

영어와 함께 읽는

AESOP'S FABLES
이솝우화

이야기들

이야기들

THE BEE-KEEPER

A Thief found his way into an apiary when the Bee-keeper was away, and stole all the honey.

When the Keeper returned and found the hives empty, he was very much upset and stood staring at them for some time.

Before long the bees came back from gathering honey, and, finding their hives overturned and the Keeper standing by, they made for him with their stings.

At this he fell into a passion and cried "You ungrateful scoundrels, you let the thief who stole my honey get off scot-free, and then you go and sting me who have always taken such care of you!"

When you hit back
make sure you have got the right man.

양봉업자

양봉업자가 없을 때 도둑이 양봉장에 들어와 꿀을 모두 훔쳤습니다. 양봉업자가 돌아와 보니 벌통이 텅 비어 있었습니다.

그는 매우 화가 나서 한동안 벌집을 쳐다보며 서 있었습니다. 얼마 후 벌들이 꿀을 채취하고 돌아왔는데 뒤집힌 벌통 옆에 양봉업자가 서 있는 것을 발견하고는 그에게 벌침을 쏘았습니다.

그러자 그는 격노하며 외쳤습니다.

"이 배은망덕한 것들아, 내 꿀을 훔친 도둑놈은 풀어주고, 늘 너희를 보살펴 주는 나를 쏘느냐!"

반격할 때 제대로 된 사람을 잡았는지 확인하라.

THE LION, THE FOX AND THE ASS

A Lion, a Fox, and an Ass went out hunting together.

They had soon taken a large booty, which the Lion requested the Ass to divide between them. The Ass divided it all into three equal parts, and modestly begged the others to take their choice; at which the Lion, bursting with fury, sprang upon the Ass and tore him to pieces.

Then, glaring at the Fox, he bade him make a fresh division. The Fox gathered almost the whole in one great heap for the Lion's share, leaving only the smallest possible morsel for himself. "My dear friend," said the Lion, "how did you get the knack of it so well?" The Fox replied, "Me? Oh, I took a lesson from the Ass."

사자, 여우 그리고 당나귀

사자, 여우 그리고 당나귀가 함께 사냥을 나갔습니다.

그들을 곧 큰 수익이 생겼고 사자는 당나귀에게 그것을 나눠 달라고 부탁했습니다. 당나귀는 모든 것을 똑같이 삼등분하여 나누고 사자와 여우에게 선택을 하도록 겸손하게 간청했습니다.

그러나 사자는 분노에 휩싸여 당나귀에게 달려들어 그를 산산조각 냈습니다. 그리고 여우를 노려보며 그에게 새롭게 나누라고 말했습니다. 여우는 사자 몫으로 거의 전체를 모았고 작은 한 조각만 남겼습니다.

"친애하는 친구, 어떻게 요령을 터득하셨나?" 사자가 말했습니다. 여우가 대답했습니다. "저요? 아, 제가 당나귀의 가르침을 받았어요."

The Charcoal-Burner and The Fuller

There was once a Charcoal-burner who lived and worked by himself.

A Fuller, however, happened to come and settle in the same neighborhood; and the Charcoal-burner, having made his acquaintance and finding he was an agreeable sort of fellow, asked him if he would come and share his house: "We shall get to know one another better that way," he said, "and, besides, our household expenses will be diminished."

The Fuller thanked him, but replied, "I couldn't think of it, sir: why, everything I take such pains to whiten would be blackened in no time by your charcoal."

숯쟁이와 빨래꾼

혼자 살면서 일하던 숯쟁이가 있었습니다.

빨래꾼 한사람이 우연히 같은 동네에 정착하게 되었습니다. 숯쟁이는 그와 친분을 쌓고 그가 좋은 친구라는 것을 알게 되자, 그에게 자기 집을 함께 쓸 수 있는지 물었습니다.

"그렇게 하면 우리는 서로에 대해 더 잘 알게 될 것입니다. 우리의 가계 지출도 줄어들 것입니다."

빨래꾼은 그에게 고맙다는 말을 전하며

"선생님, 그렇게 할 수 없습니다. 제가 이렇게 노력하는 것은 모든 것을 하얗게 만들려고 하는 일인데 당신의 숯에 의해 순식간에 검게 변할 것입니다."

THE PIG AND THE SHEEP

A Pig found his way into a meadow where a flock of Sheep were grazing. The shepherd caught him, and was proceeding to carry him off to the butcher's when he set up a loud squealing and struggled to get free.

The Sheep rebuked him for making such a to-do, and said to him, "The shepherd catches us regularly and drags us off just like that, and we don't make any fuss." "No, I dare say not," replied the Pig, "but my case and yours are altogether different: he only wants you for wool, but he wants me for bacon."

돼지와 양

돼지 한 마리가 양떼가 풀을 뜯고 있는 초원으로 들어갔습니다. 양치기는 돼지를 잡았고, 정육점으로 데려가려 하자 큰 소리를 내며 달아나려고 몸부림쳤습니다.

양이 돼지를 꾸짖으며 말했습니다. "양치기가 우리를 정기적으로 잡아, 그렇게 끌고 가도 우리는 소란을 피우지 않아."

돼지가 대답했습니다.

"아니, 내 말은 그게 아니야, 내 경우는 너희들과 전혀 달라, 양치기는 너희에게 오직 양모만을 원하지만 나에게서는 베이컨을 원하니까."

THE HORSE AND THE GROOM

There was once a Groom who used to spend long hours clipping and combing the Horse of which he had charge, but who daily stole a portion of his allowance of oats, and sold it for his own profit.

The Horse gradually got into worse and worse condition, and at last cried to the Groom, "If you really want me to look sleek and well, you must comb me less and feed me more."

말과 마부

말을 다듬고 빗질하는데 오랜 시간을 보내지만 매일 말이 먹는 귀리 일부를 훔쳐 자신의 이익을 얻기 위해 팔았던 마부가 있었습니다.

말은 점점 더 상태가 나빠졌고 마침내 마부에게 울부짖었습니다.

"내가 정말 날렵하고 건강해 보이길 원한다면, 이제 빗질은 덜하고 먹이는 더 많이 줘."

The Dog Chasing a Wolf

A Dog was chasing a Wolf, and as he ran he thought what a fine fellow he was, and what strong legs he had, and how quickly they covered the ground. "Now, there's this Wolf," he said to himself, "what a poor creature he is: he's no match for me, and he knows it and so he runs away."

But the Wolf looked round just then and said, "Don't you imagine I'm running away from you, my friend: it's your master I'm afraid of."

늑대를 쫓는 개

개가 늑대를 쫓으면서 달리는 동안 자신이 얼마나 훌륭하고 강한 다리를 가졌는지, 얼마나 빨리 땅 위를 달리는지 생각했습니다.

그는 자신 있게 말했습니다. "지금 이곳에 늑대가 있습니다. 그는 얼마나 불쌍한 존재입니까? 그는 저와 어울리지 않습니다. 그는 그것을 알고 있기 때문에 도망치는 것입니다."

늑대는 그때 주위를 둘러보며 말했습니다.

"내가 너 때문에 도망친다고 상상하지 마, 내가 두려운 것은 네가 아니고 너의 주인이야."

The Sick Man and The Doctor

A Sick Man received a visit from his Doctor, who asked him how he was.

"Fairly well, Doctor," said he, "but I find I sweat a great deal."

"Ah," said the Doctor, "that's a good sign."

On his next visit he asked the same question, and his patient replied, "I'm much as usual, but I've taken to having shivering fits, which leave me cold all over." "Ah," said the Doctor, "that's a good sign too."

When he came the third time and inquired as before about his patient's health, the Sick Man said that he felt very feverish. "A very good sign," said the Doctor; "you are doing very nicely indeed."

Afterwards a friend came to see the invalid, and on asking him how he did, received this reply: "My dear friend, I'm dying of good signs."

환자와 의사

한 환자가 의사의 방문을 받았고 그 의사는 그에게 어떻게 지내는지 물었습니다.

"아주 잘 지내요, 의사 선생님, 하지만 저는 땀을 많이 흘리고 있어요."

"아, 그거 좋은 징조입니다." 의사가 말했습니다.

다음 방문 때 그는 같은 질문을 했고 환자는 "평소와 같지만 온몸이 차가워져서 떨리고 발작을 일으켜요."라고 대답했습니다.

"아, 그것 역시 좋은 징조예요." 의사가 말했습니다.

그가 세 번째 와서 이전처럼 건강에 대해 물었을 때, 환자는 매우 열이 나는 것을 느꼈다고 말했습니다.

"아주 좋은 징조군요." 박사가 말했다. "정말 잘하고 계시네요."

그 후에 환자의 친구가 병문안을 와서 어떻게 치료되고 있는지 물어보자 그는 "사랑하는 친구야, 나는 좋은 징조로 죽어가고 있어."

The Two Bags

Every man carries Two Bags about with him, one in front and one behind, and both are packed full of faults. The Bag in front contains his neighbors' faults, the one behind his own. Hence it is that men do not see their own faults, but never fail to see those of others.

두 개의 가방

모든 사람은 앞과 뒤에 하나씩, 두개의 가방을 가지고 다니며 두 가방 모두 결점으로 가득합니다.

앞에 있는 가방은 이웃의 결점을 담고 있고, 뒤에 있는 가방은 자신의 결점으로 채워져 있습니다. 그래서 사람들은 다른 사람의 결점은 빨리 알아채나, 자신의 결점은 종종 보지 못합니다.

The Frogs' Complaint Against The Sun

Once upon a time the Sun was about to take to himself a wife.

The Frogs in terror all raised their voices to the skies, and Jupiter, disturbed by the noise, asked them what they were croaking about.

They replied, "The Sun is bad enough even while he is single, drying up our marshes with his heat as he does. But what will become of us if he marries and begets other Suns?"

태양에 대한 개구리들의 불평

옛날 옛적에 태양은 아내를 얻으려고 했습니다.

공포에 질린 개구리들은 모두 하늘을 향해 목소리를 높였고, 제우스는 소음에 시끄러워 그들이 무엇에 대해 불평하고 있는지 물었습니다.

개구리들은 "태양은 혼자 있을 때에도 충분히 그의 열로 우리가 사는 습지를 말리고 있습니다. 그런데 그가 결혼해서 또 다른 태양을 낳으면 어떻게 되겠습니까?"

THE BEAR AND THE TRAVELLERS

Two Travelers were on the road together, when a Bear suddenly appeared on the scene. Before he observed them, one made for a tree at the side of the road, and climbed up into the branches and hid there.

The other was not so nimble as his companion; and, as he could not escape, he threw himself on the ground and pretended to be dead. The Bear came up and sniffed all round him, but he kept perfectly still and held his breath: for they say that a bear will not touch a dead body.

The Bear took him for a corpse, and went away. When the coast was clear, the Traveler in the tree came down, and asked the other what it was the Bear had whispered to him when he put his mouth to his ear.

The other replied, "He told me never again to travel with a friend who deserts you at the first sign of danger."

Misfortune tests the sincerity of friendship.

곰과 여행자

두 명의 여행자가 함께 길을 가고 있는데, 갑자기 곰이 나타났습니다. 곰이 그들을 발견하기 전, 한 사람은 재빨리 길가 나무 위로 올라가서 숨었습니다.

다른 한 명은 그의 친구만큼 민첩하지 않아 땅에 몸을 엎드려 죽은 척했습니다. 곰이 다가와 그의 주변 냄새를 맡았지만 그는 꼼짝 하지 않고 가만히 있었습니다. 곰은 죽은 사람을 건드리지 않는다는 말을 들었기에 그는 숨을 죽이며 있었습니다.

곰은 그곳에 남자를 남겨두고 떠났고 나무위에 있던 여행자가 내려와 곰이 그에게 무슨 말을 속삭였는지 물었습니다.

"곰은 나에게 위험할 때 친구를 버리고 달아나는 사람하고는 다시는 여행하지 말라고 했어."

불행은 우정의 진정성을 시험하기도 한다.

The Fox and The Grapes

A hungry Fox saw some fine bunches of Grapes hanging from a vine that was trained along a high trellis, and did his best to reach them by jumping as high as he could into the air.

But it was all in vain, for they were just out of reach: so, he gave up trying, and walked away with an air of dignity and unconcern, remarking, "I thought those Grapes were ripe, but I see now they are quite sour."

여우와 포도

배고픈 여우가 높은 가지에 매달려 있는 포도 몇 송이를 발견하고, 할 수 있는 만큼 높이 뛰어올라 포도를 따려고 애를 썼습니다. 하지만 그것은 모두 헛수고였습니다.

여우는 포기하면서 품위 있고 무관심 한 듯 말했습니다.

"포도가 익은 줄 알았는데 지금 보니 아직도 꽤 시큼해 보여."

THE GOOSE THAT LAID THE GOLDEN EGGS

A Man and his Wife had the good fortune to possess a Goose which laid a Golden Egg every day.

Lucky though they were, they soon began to think they were not getting rich fast enough, and imagining the bird must be made of gold inside, they decided to kill it in order to secure the whole store of precious metal at once.

But when they cut it open, they found it was just like any other goose.

Thus, they neither got rich all at once, as they had hoped, nor enjoyed any longer the daily addition to their wealth.

Much wants more and loses all.

황금알을 낳는 거위

한 남자와 그의 아내는 매일 황금알을 낳는 거위를 가질 수 있는 행운을 누렸습니다.

운이 좋았지만 그들은 빨리 부자가 되지 못한다고 생각하기 시작했습니다. 거위 몸에 금이 가득 들어 있을 것 같은 생각에 한꺼번에 황금알을 얻기 위해 거위를 죽이기로 결정했습니다.

그러나 그들이 거위의 배를 갈랐을 때 그 거위의 몸도 다른 거위들과 똑같다는 것을 알게 되었습니다.

결국 그들은, 원했던 것처럼 한 번에 부자가 되지 못했고, 더 이상 재산을 매일 늘리는 즐거움도 사라졌습니다.

많은 것을 더 원하면 모든 것을 잃을 수 있다.

THE FOX AND THE CROW

A Crow was sitting on a branch of a tree with a piece of cheese in her beak when a Fox observed her and set his wits to work to discover some way of getting the cheese.

Coming and standing under the tree he looked up and said, "What a noble bird I see above me! Her beauty is without equal, the hue of her plumage exquisite. If only her voice is as sweet as her looks are fair, she ought without doubt to be Queen of the Birds."

The Crow was hugely flattered by this, and just to show the Fox that she could sing she gave a loud caw.

Down came the cheese, of course, and the Fox, snatching it up, said, "You have a voice, madam, I see: what you want is wits."

여우와 까마귀

까마귀 한 마리가 치즈 한 조각을 부리에 물고 나무 가지에 앉아 있었습니다. 여우 한 마리가 그 모습을 보고 어떻게 치즈를 얻을 수 있을까 하고 궁리하기 시작했습니다.

나무 밑에서 여우는 고개를 들고 말했습니다.

"내 위에 얼마나 고귀한 새가 보이는가! 아름다움은 어느 누가 와도 겨룰 수 없고, 깃털의 빛깔은 절묘하다. 목소리가 외모만큼 뛰어나다면 분명 새들의 여왕이 되어야 한다."

까마귀는 이 말에 매우 우쭐해져서 여우에게 자신이 노래를 부를 수 있다는 것을 보여주기 위해 큰 소리로 울었습니다. 물론 그 때 치즈가 떨어지고 여우는 그것을 낚아채며 말했습니다.

"부인, 당신도 목소리를 갖고 있네요. 그러나 당신에게 필요한 것은 재치입니다."

THE PEACOCK AND THE CRANE

A Peacock taunted a Crane with the dullness of her plumage.

"Look at my brilliant colors." said she, "and see how much finer they are than your poor feathers."

"I am not denying," replied the Crane, "that yours are far gayer than mine; but when it comes to flying, I can soar into the clouds, whereas you are confined to the earth like any dunghill cock."

공작과 두루미

공작이 두루미의 깃털 색이 칙칙하다고 조롱했습니다.

"나의 찬란한 색깔을 봐." 공작이 말했습니다. "네 불쌍한 깃털보다 훨씬 더 섬세한 색깔인지 알게 될 걸."

"나는 부인하지 않겠어요." 두루미가 대답했습니다. "당신의 깃털이 저의 것보다 훨씬 화려한 것은 사실이지만 제가 구름 속으로 날아다닐 때, 당신은 비천한 수탉처럼 땅 위에 갇혀 있네요."

THE MOON AND HER MOTHER

The Moon once begged her Mother to make her a gown.

"How can I?" replied she; "there's no fitting your figure. At one time you're a New Moon, and at another you're a Full Moon; and between whiles you're neither one nor the other."

달과 그녀의 어머니

달이 어머니에게 가운을 만들어 달라고 졸라댔습니다.

"어떻게 하지?" 그녀는 대답했습니다. "네 몸에 맞는 옷은 없어, 넌 지금 초승달이지만 곧 보름달이 될 거야, 그 다음에는 초승달도 아니고 보름달도 아닌 것이 된단다."

THE LION AND THE MOUSE

A Lion asleep in his lair was waked up by a Mouse running over his face. Losing his temper, he seized it with his paw and was about to kill it. The Mouse, terrified, piteously entreated him to spare its life.

"Please let me go," it cried, "and one day I will repay you for your kindness." The idea of so insignificant a creature ever being able to do anything for him amused the Lion so much that he laughed aloud, and good-humoredly let it go.

But the Mouse's chance came, after all.

One day the Lion got entangled in a net which had been spread for game by some hunters, and the Mouse heard and recognized his roars of anger and ran to the spot. Without more ado it set to work to gnaw the ropes with its teeth, and succeeded before long in setting the Lion free.

"There!" said the Mouse, "you laughed at me when I promised I would repay you: but now you see, even a Mouse can help a Lion."

사자와 쥐

사자가 은신처에서 자고 있는데 그의 얼굴을 뛰어 넘는 쥐 때문에 잠에서 깨어났습니다. 그는 화가 나서 쥐를 발로 움켜 눌러 죽이려 했습니다. 겁에 질린 쥐는 애처롭게 살려 달라고 애원했습니다.

"제발 저를 놓아주세요." 하고 외쳤습니다. "언젠가 제가 은혜를 갚을 것입니다." 그는 자신을 위해 무엇이든 할 수 있다고 하는 쥐가 너무나 보잘것없는 존재라는 생각에 큰 소리로 웃으며 유쾌하게 쥐를 놓아주었습니다.

결국 쥐에게 기회가 왔습니다. 어느 날 사자는 사냥꾼들이 설치한 그물에 걸렸습니다. 쥐는 사자의 분노한 울부짖음을 듣고 달려갔습니다. 쥐는 이빨로 밧줄을 갉아먹기 시작했습니다. 얼마 지나지 않아 사자는 자유롭게 되었습니다.

"저기요." 쥐가 말했습니다.

"내가 당신에게 보답하겠다고 약속했을 때 당신은 나를 비웃었죠, 그러나 이제는 당신도 알 겁니다. 쥐도 사자를 도울 수 있다고."

The Crow and The Pitcher

A thirsty Crow found a Pitcher with some water in it, but so little was there that, try as she might, she could not reach it with her beak, and it seemed as though she would die of thirst within sight of the remedy.

At last, she hit upon a clever plan. She began dropping pebbles into the Pitcher, and with each pebble the water rose a little higher until at last it reached the brim, and the knowing bird was enabled to quench her thirst.

까마귀와 항아리

목마른 까마귀가 물이 든 항아리를 찾았지만, 물이 너무 조금밖에 없어서 아무리 해도 부리로는 항아리 밑이 닿지 않아 해결책을 찾지 않으면 목이 말라 죽을 것 같았습니다.

마침내 묘안을 생각해 냈습니다. 까마귀는 항아리 안에 조약돌을 떨어뜨리기 시작했고, 조약돌 하나하나를 얹을 때마다 물이 조금씩 높이 올라 마침내 가장자리에 도달해 까마귀는 갈증을 해소할 수 있었습니다.

THE BOYS AND THE FROGS

Some mischievous Boys were playing on the edge of a pond and catching sight of some Frogs swimming about in the shallow water, they began to amuse themselves by pelting them with stones, and they killed several of them.

At last, one of the Frogs put his head out of the water and said,

"Oh, stop! stop! I beg of you: what is sport to you is death to us."

소년과 개구리

장난꾸러기 소년 몇 명이 연못 가장자리에서 놀면서 얕은 물에서 헤엄치는 개구리들을 보고 돌멩이를 던지며 즐거워했습니다.

개구리 몇 마리가 돌멩이에 맞아 죽었습니다.

마침내 개구리 중 한 마리가 물 밖으로 머리를 내밀며

"아, 그만! 그만! 너희에게 간청할게, 너희에게는 놀이지만 우리에게는 죽음이야."

The North Wind and The Sun

A dispute arose between the North Wind and the Sun, each claiming that he was stronger than the other. At last, they agreed to try their powers upon a traveler, to see which could soonest strip him of his cloak.

The North Wind had the first try; and, gathering up all his force for the attack, he came whirling furiously down upon the man, and caught up his cloak as though he would wrest it from him by one single effort: but the harder he blew, the more closely the man wrapped it round himself.

Then came the turn of the Sun. At first, he beamed gently upon the traveler, who soon unclasped his cloak and walked on with it hanging loosely about his shoulders: then he shone forth in his full strength, and the man, before he had gone many steps, was glad to throw his cloak right off and complete his journey more lightly clad.

Persuasion is better than force.

북풍과 태양

북풍과 태양 사이에 논쟁이 일어났습니다. 각각 자신이 상대보다 강하다고 주장했습니다. 그래서 그들은 여행자의 외투를 가장 빨리 벗길 수 있는 능력을 시험해 보기로 했습니다.

북풍이 첫 번째로 시도했습니다. 그는 힘을 모두 모아 여행자에게 맹렬히 돌진하여, 한 번의 바람으로 그의 외투를 빼앗을 것 같았습니다. 그러나 더 세게 불수록 남자는 외투를 몸에 감쌌습니다.

그리고 태양의 차례가 왔습니다. 처음에는 여행자를 부드럽게 비춰주었는데 그는 곧 외투를 벗고 어깨에 느슨하게 걸치고 걸어갔습니다. 그리고 태양은 온 힘을 다해 빛을 발했고, 그 남자는 몇 걸음도 가기 전에 외투를 던져버리고 여행을 좀 더 가볍게 끝낼 수 있어서 기뻐했습니다.

설득이 힘보다 낫다.

THE FOX AND THE STORK

A Fox invited a Stork to dinner, at which the only fare provided was a large flat dish of soup. The Fox lapped it up with great relish, but the Stork with her long bill tried in vain to partake of the savoury broth. Her evident distress caused the sly Fox much amusement.

But not long after the Stork invited him in turn, and set before him a pitcher with a long and narrow neck, into which she could get her bill with ease.

Thus, while she enjoyed her dinner, the Fox sat by hungry and helpless, for it was impossible for him to reach the tempting contents of the vessel.

여우와 두루미

여우가 두루미를 저녁식사에 초대했는데, 그곳에서 대접한 유일한 음식은 크고 납작한 접시에 담긴 수프 요리 뿐이었습니다. 여우는 그것을 아주 맛있게 핥아 먹었지만 두루미는 긴 부리를 가지고 수프를 먹으려 했지만 헛수고였습니다. 두루미의 고통은 교활한 여우를 매우 즐겁게 했습니다.

얼마 지나지 않아 두루미가 여우를 초대하였고, 길고 좁은 목의 호리병을 여우에게 대접해 앙갚음을 쉽게 할 수 있었습니다.

두루미가 저녁을 맛있게 먹는 동안 여우는 배고프고 무기력하게 앉아 있어야 했습니다. 여우의 배에 맛있는 음식이 도달하는 것이 불가능했기 때문입니다.

THE WOLF IN SHEEP'S CLOTHING

A Wolf resolved to disguise himself in order that he might prey upon a flock of sheep without fear of detection. So, he clothed himself in a sheepskin, and slipped among the sheep when they were out at pasture.

He completely deceived the shepherd, and when the flock was penned for the night he was shut in with the rest.

But that very night as it happened, the shepherd, requiring a supply of mutton for the table, laid hands on the Wolf in mistake for a Sheep, and killed him with his knife on the spot.

양의 옷을 입은 늑대

늑대는 들킬 염려 없이 양떼를 잡아먹을 수 있게 변장하기로 결심했습니다. 그래서 그는 양들이 목장에 나가 있을 때 양가죽을 입고 양들 사이로 들키지 않고 몰래 들어갔습니다.

그는 양치기를 완전히 속였고, 양떼가 우리에서 밤을 보낼 때 양들과 함께 갇혀 있었습니다.

그러나 바로 그날 밤, 식탁에 양고기가 필요한 양치기는 양으로 착각한 늑대를 붙잡아 그 자리에서 칼로 죽였습니다.

The Dolphins, The Whales, and The Sprat

The Dolphins quarreled with the Whales, and before very long they began fighting with one another.

The battle was very fierce, and had lasted some time without any sign of coming to an end, when a Sprat thought that perhaps he could stop it; so, he stepped in and tried to persuade them to give up fighting and make friends.

But one of the Dolphins said to him contemptuously, "We would rather go on fighting till we're all killed than be reconciled by a Sprat like you!"

돌고래, 고래, 그리고 청어

돌고래들은 고래들과 다투었고, 얼마 지나지 않아 서로 싸우기 시작했습니다.

그들의 싸움은 치열했고 끝이 날 것 같지 않게 지속 되었습니다.

그때 청어는 자신이 이것을 멈출 수 있을 것이라고 생각했습니다.

그래서 둘이 싸우는 사이에서 서로 싸움을 하지 말고 친구로 지내라고 설득했습니다.

그러나 돌고래 중 한 마리가 그에게 경멸하듯 말했습니다.

"우리는 너 같은 청어에게 화해를 당하느니 차라리 우리 모두가 죽을 때까지 싸우는 편이 낫겠다!"

THE FOX AND THE MONKEY

A Fox and a Monkey were on the road together, and fell into a dispute as to which of the two was the better born.

They kept it up for some time, till they came to a place where the road passed through a cemetery full of monuments, when the Monkey stopped and looked about him and gave a great sigh.

"Why do you sigh?" said the Fox. The Monkey pointed to the tombs and replied, "All the monuments that you see here were put up in honour of my forefathers, who in their day were eminent men."

The Fox was speechless for a moment, but quickly recovering he said, "Oh! don't stop at any lie, sir; you're quite safe: I'm sure none of your ancestors will rise up and expose you."

Boasters brag most
when they cannot be detected.

여우와 원숭이

여우와 원숭이가 함께 길을 가고 있다가 둘 중 누가 더 잘났는지에 대해 논쟁에 빠졌습니다. 그들의 논쟁은 한동안 계속되었습니다.

도로 옆 비석들로 가득 찬 공동묘지를 지나고 있을 때 원숭이가 멈춰서 비석들을 둘러보고 크게 한숨을 내쉬었습니다.

"왜 한숨을 쉬죠?" 여우가 물었습니다. 그러자 원숭이가 무덤을 가리키며 대답했습니다. "여기 보이는 모든 비석은 유명한 분들이었던 나의 조상들을 기리기 위해 세워졌습니다."라고 말했습니다.

여우는 잠시 말문이 막혔지만 재빨리 대응하며 말했습니다. "오! 거짓말을 멈추지 마세요. 당신은 안전합니다. 당신의 조상 중 누구도 일어나서 당신을 폭로하지 않을 것이니까요."

허풍쟁이는 알아채지 못할 때 더 으스댄다.

The Fir-Tree and The Bramble

A Fir-tree was boasting to a Bramble, and said, somewhat contemptuously, "You poor creature, you are of no use whatever. Now, look at me: I am useful for all sorts of things, particularly when men build houses; they can't do without me then."

But the Bramble replied, "Ah, that's all very well: but you wait till they come with axes and saws to cut you down, and then you'll wish you were a Bramble and not a Fir."

Better poverty without a care than wealth with its many obligations.

전나무와 가시나무

전나무 한 그루가 가시나무에게 자랑을 늘어놓으며 말했습니다.
"이 불쌍한 생물아, 너는 아무 쓸모도 없어. 자, 나를 봐, 나는 모든 것에 유익해. 특히 사람들이 집을 지을 때에 그들은 나 없이 아무것도 할 수 없어."
그러자 가시나무는 이렇게 대답했습니다.
"아, 그것 참 잘 되었구나, 하지만 그들이 너를 베기 위해 도끼와 톱을 들고 올 때면 너는 전나무가 아니고 가시나무였으면 하고 바랄 거야."

많은 의무를 가진 부보다 걱정 없는 가난이 낫다.

THE GNAT AND THE BULL

A Gnat alighted on one of the horns of a Bull, and remained sitting there for a considerable time. When it had rested sufficiently and was about to fly away, it said to the Bull, "Do you mind if I go now?" The Bull merely raised his eyes and remarked, without interest, "It's all one to me; I didn't notice when you came, and I shan't know when you go away."

We may often be of more consequence in our own eyes than in the eyes of our neighbours.

모기와 황소

모기는 황소의 뿔 중 하나에 오랫동안 앉아 있었습니다. 모기가 충분히 쉬고 날아가려고 할 때에 황소에게 말하였습니다.

"이제 가도 되겠습니까?" 황소는 그저 눈을 들어 아무 관심 없이 말했습니다. "네가 언제 왔는지도 몰랐는데, 네가 언제 떠나야 할지도 모르겠다."

우리는 종종 이웃들의 눈보다
우리 자신의 눈에서 더 중요한 결과를 가져올 수 있습니다.

The Oak and The Reeds

An Oak that grew on the bank of a river was uprooted by a severe gale of wind, and thrown across the stream.

It fell among some Reeds growing by the water, and said to them, "How is it that you, who are so frail and slender, have managed to weather the storm, whereas I, with all my strength, have been torn up by the roots and hurled into the river?"

"You were stubborn," came the reply, "and fought against the storm, which proved stronger than you: but we bow and yield to every breeze, and thus the gale passed harmlessly over our heads."

참나무와 갈대

강둑에서 자란 참나무는 심한 바람에 뿌리가 뽑혀 개울 건너에 던져졌습니다. 참나무는 물가에서 자란 갈대들 사이에 떨어져 갈대들에게 말했습니다. "나는 온 힘을 다해 뿌리를 내려도 뽑혀서 강물에 내던져졌는데, 어떻게 이렇게 쇠약하고 마른 너희들이 폭풍을 이겨낼 수 있었니?"

갈대가 대답했습니다. "당신은 고집이 세서 폭풍과 싸웠는데, 그 폭풍은 당신보다 더 강했습니다. 그러나 우리는 모든 바람에 절하고 굴복했습니다. 그래서 강풍이 우리 머리 위로 해를 끼치지 않고 지나갔습니다."

The Boy and The Snails

A Farmer's Boy went looking for Snails, and, when he had picked up both his hands full, he set about making a fire at which to roast them; for he meant to eat them.

When it got well alight and the Snails began to feel the heat, they gradually withdrew more and more into their shells with the hissing noise they always make when they do so.

When the Boy heard it, he said, "You abandoned creatures, how can you find heart to whistle when your houses are burning?"

소년과 달팽이

농부인 소년은 달팽이를 찾으러 갔고, 두 손 가득 채우게 주웠을 때, 그는 달팽이를 구워 먹을 불을 피우기 시작했습니다.

불이 잘 붙고 달팽이들이 열을 느끼기 시작했을 때, 그들은 항상 내는 쉿 하는 소리와 함께 점점 더 껍질 속으로 들어갔습니다.

소년은 그 소리를 듣고 이렇게 말했습니다. "버려진 생물들아, 너희 집이 불타고 있는데 어떻게 휘파람을 불 수 있는 여유가 있니?"

THE CRAB AND HIS MOTHER

An Old Crab said to her son, "Why do you walk sideways like that, my son? You ought to walk straight."

The Young Crab replied, "Show me how, dear mother, and I'll follow your example."

The Old Crab tried, but tried in vain, and then saw how foolish she had been to find fault with her child.

Example is better than precept.

게와 그의 어머니

나이든 게가 아들에게 말했습니다.

"아들아, 왜 그렇게 옆으로 걷니? 똑바로 걸어야 한다."

젊은 게는 대답했습니다. "어머니, 어떻게 하는지 방법을 보여주세요, 그러면 저도 본보기를 따르겠습니다."

나이든 게는 노력했지만 헛수고였고, 그녀는 아이의 잘못을 찾는 것이 얼마나 어리석었는지 알았습니다.

본보기는 교훈보다 낫다.

The Farmer and His Sons

A Farmer, being at death's door, and desiring to impart to his sons a secret of much moment, called them round him and said, "My sons, I am shortly about to die; I would have you know, therefore, that in my vineyard there lies a hidden treasure. Dig, and you will find it."

As soon as their father was dead, the sons took spade and fork and turned up the soil of the vineyard over and over again, in their search for the treasure which they supposed to lie buried there. They found none, however: but the vines, after so thorough a digging, produced a crop such as had never before been seen.

농부와 그의 아들들

한 농부가 죽음의 문턱에서 아들들에게 많은 비밀을 전하고 싶어 그들을 불러 말했습니다. “아들들아, 나는 곧 죽은 것이다. 너희에게 알려준다. 포도밭에 나의 보물이 있다. 파보면 찾을 수 있을 것이다.”

아버지가 돌아가시자 아들들은 삽과 갈퀴를 들고 포도밭의 흙을 뒤집어 그곳에 묻혀 있는 보물을 찾기 시작했습니다. 그러나 그들은 아무것도 발견하지 못했습니다.

그러나 파헤쳐진 포도밭은 이전에는 볼 수 없던 포도를 대량 생산했습니다.

THE TRAVELLER AND HIS DOG

A Traveler was about to start on a journey, and said to his Dog, who was stretching himself by the door, "Come, what are you yawning for? Hurry up and get ready: I mean you to go with me." But the Dog merely wagged his tail and said quietly, "I'm ready, master: it's you I'm waiting for."

여행자와 그의 개

한 여행자가 막 여행을 시작하려다 문 옆에 몸을 뻗고 있는 개에게 말했습니다. "이리와, 지금 하품을 하는 거야? 서둘러서 준비해, 나와 함께 가자는 말이야." 그러나 개는 그저 꼬리를 흔들며 조용히 말했습니다. "주인님, 저는 준비됐어요, 저는 당신을 기다리고 있었어요."

The Thieves and The Cock

Some Thieves broke into a house, and found nothing worth taking except a Cock, which they seized and carried off with them.

When they were preparing their supper, one of them caught up the Cock, and was about to wring his neck, when he cried out for mercy and said, "Pray do not kill me: you will find me a most useful bird, for I rouse honest men to their work in the morning by my crowing."

But the Thief replied with some heat, "Yes, I know you do, making it still harder for us to get a livelihood. Into the pot you go!"

도둑과 수탉

도둑들이 집에 침입했지만 수탉 한 마리 외에 가져갈 만한 것을 찾지 못해 수탉을 빼앗아 가지고 달아났습니다.

도둑들이 저녁식사를 준비하고 있을 때, 그중 한 사람이 수탉을 붙잡아 목을 비틀려고 하자, 수탉이 울부짖으며 "나를 죽이지 말아 주세요, 당신은 가장 유용한 새를 찾은 것입니다. 나의 울음소리로 성실한 사람들이 아침에 일어나 일을 하게 됩니다."

그러자 도둑이 열을 올리며 대답했습니다.

"그래, 알고 있다. 그래서 우리가 더 살기 힘들어졌어, 빨리 솥으로 들어가라!"

Father and Sons

A certain man had several sons who were always quarrelling with one another, and, try as he might, he could not get them to live together in harmony. So, he determined to convince them of their folly by the following means.

Bidding them fetch a bundle of sticks, he invited each in turn to break it across his knee. All tried and all failed: and then he undid the bundle, and handed them the sticks one by one, when they had no difficulty at all in breaking them.

"There, my boys," said he, "united you will be more than a match for your enemies: but if you quarrel and separate, your weakness will put you at the mercy of those who attack you."

아버지와 아들들

어떤 남자에게 항상 서로 다투는 여러 명의 아들이 있었는데, 아무리 노력해도 그들을 조화롭게 살도록 할 수 없었습니다.

그래서 그는 이런 방법으로 아들들의 어리석음을 납득시키기로 결심했습니다.

그는 아들들에게 막대기 한 묶음을 가져오라 명령하고, 묶음을 무릎으로 부러뜨리도록 했습니다. 그들은 모든 노력을 다했지만 모두 실패하였습니다. 그는 묶음을 풀고 막대기를 하나씩 건네주었습니다. 아들들은 나무 막대기를 부러뜨리는데 전혀 어려움이 없었습니다.

"자, 내 아들들아." 그가 말했습니다. "너희가 하나로 함께 뭉치면 적과의 대결에서 하나 이상이 될 것이다, 그러나 너희가 싸우고 분리되면 너희의 나약함이 너희를 공격하는 자들에게 다행스러운 일이 될 것이다."

THE LAMP

A Lamp, well filled with oil, burned with a clear and steady light, and began to swell with pride and boast that it shone more brightly than the sun himself. Just then a puff of wind came and blew it out.

Some one struck a match and lit it again, and said, "You just keep alight, and never mind the sun."

램프

기름으로 가득 찬 램프는, 맑고 꾸준한 빛으로 타오릅니다. 그리고 자부심으로 부풀어 올라 자신이 태양보다 더 밝게 빛난다고 자랑하기 시작했습니다. 바로 그때 바람이 불어서 꺼졌습니다.

누군가 성냥으로 불을 다시 붙이며

"너는 그냥 불을 밝히고, 태양은 신경 쓰지 마."

The Old Lion

A Lion, enfeebled by age and no longer able to procure food for himself by force, determined to do so by cunning.

Betaking himself to a cave, he lay down inside and feigned to be sick: and whenever any of the other animals entered to inquire after his health, he sprang upon them and devoured them. Many lost their lives in this way, till one day a Fox called at the cave, and, having a suspicion of the truth, addressed the Lion from outside instead of going in, and asked him how he did.

He replied that he was in a very bad way: "But," said he, "why do you stand outside? Pray come in." "I should have done so," answered the Fox, "if I hadn't noticed that all the footprints point towards the cave and none the other way."

늙은 사자

나이 때문에 허약해져서 더 이상 힘으로 음식을 구할 수 없는 사자는 교활함을 이용하기로 결심했습니다.

그는 동굴 안에 들어가 누워 아픈 척했습니다. 그리고 다른 동물들이 그의 건강을 묻기 위해 들어올 때마다 달려들어 그들을 잡아먹었습니다. 많은 동물들이 이런 식으로 목숨을 잃었습니다.

어느 날 여우 한 마리가 동굴을 찾아왔지만 의심하며 들어가지 않고 밖에서 사자에게 말을 걸어 어떤지 물었습니다.

사자는 매우 불쾌한 태도로 대답했습니다. "그런데, 너는 왜 밖에 서 있느냐? 들어와라."

여우가 대답했습니다. "모든 발자국이 동굴을 향하고만 있고 나오는 방향은 없다는 것을 알아차리지 못했으면 들어갔을 겁니다."

THE QUACK FROG

Once upon a time a Frog came forth from his home in the marshes and proclaimed to all the world that he was a learned physician, skilled in drugs and able to cure all diseases.

Among the crowd was a Fox, who called out, "You a doctor! Why, how can you set up to heal others when you cannot even cure your own lame legs and blotched and wrinkled skin?"

엉터리 의사 개구리

옛날 옛적에 개구리 한 마리가 습지에 있는 집에서 나와, 자신이 온 세상의 약에 능숙하고, 모든 병을 고칠 수 있는 학식 있는 의사라고 선언했습니다.

군중 속에 여우가 "의사 양반! 왜 당신은 자신의 절름발이 다리도 치료 못하고 얼룩지고 주름진 피부도 치료 못하면서 어떻게 남의 병을 고쳐 줄 수 있겠어?"

THE BOY AND THE FILBERTS

A Boy put his hand into a jar of Filberts, and grasped as many as his fist could possibly hold.

But when he tried to pull it out again, he found he couldn't do so, for the neck of the jar was too small to allow of the passage of so large a handful. Unwilling to lose his nuts but unable to withdraw his hand, he burst into tears.

A bystander, who saw where the trouble lay, said to him, "Come, my boy, don't be so greedy: be content with half the amount, and you'll be able to get your hand out without difficulty."

Do not attempt too much at once.

소년과 개암나무 열매

한 소년이 개암나무 열매가 든 항아리에 손을 넣고, 그의 손에 잡을 수 있는 만큼 움켜잡았습니다. 하지만 그것을 다시 꺼내려고 했을 때, 그는 손을 뺄 수 없다는 것을 알았습니다. 항아리의 목이 너무 좁아 움켜진 손이 빠져나올 수 없었기 때문입니다. 소년은 열매를 잃고 싶지 않아 손을 떼지 못해 울음을 터뜨렸습니다.

문제가 있는 것을 본 구경꾼이 소년에게 말했습니다.

"이봐, 소년아, 그렇게 욕심 내지마, 반만 가지고 만족해봐. 그러면 어렵지 않게 손을 뺄 수 있을 거야."

한 번에 너무 많은 것을 시도하지 마세요.

The Lion and The Boar

One hot and thirsty day in the height of summer a Lion and a Boar came down to a little spring at the same moment to drink. In a trice they were quarrelling as to who should drink first. The quarrel soon became a fight and they attacked one another with the utmost fury.

Presently, stopping for a moment to take breath, they saw some vultures seated on a rock above evidently waiting for one of them to be killed, when they would fly down and feed upon the carcass.

The sight sobered them at once, and they made up their quarrel, saying, "We had much better be friends than fight and be eaten by vultures."

사자와 멧돼지

한여름 어느 무더운 날, 덥고 목마른 사자와 멧돼지가 물을 마시기 위해 동시에 작은 샘에 내려왔습니다. 그들은 누가 먼저 물을 마셔야 하는지 순서를 두고 다투기 시작했고 다툼은 곧 싸움이 되어 격렬하게 서로를 공격했습니다.

잠시 숨을 돌리기 위해 멈췄는데 바위에 앉아 둘 중 하나가 죽기를 기다리고 있는 독수리들을 보게 되었습니다. 누가 죽으면 그들은 날아내려와 시체를 먹을 것입니다.

그 광경에 사자와 멧돼지는 정신을 차렸습니다. "싸워서 독수리에게 잡혀 먹히는 것보다 우리가 친구가 되는 것이 훨씬 낫다."하면서 그들은 싸움을 끝냈습니다.

THE MAN AND THE LION

A Man and a Lion were companions on a journey, and in the course of conversation they began to boast about their prowess, and each claimed to be superior to the other in strength and courage.

They were still arguing with some heat when they came to a cross-road where there was a statue of a Man strangling a Lion. "There!" said the Man triumphantly, "look at that! Doesn't that prove to you that we are stronger than you?"

"Not so fast, my friend," said the Lion: "that is only your view of the case. If we Lions could make statues, you may be sure that in most of them you would see the Man underneath."

There are two sides to every question.

남자와 사자

남자와 사자가 여행을 같이하는 동안 그들의 기량을 자랑하기 시작했고, 서로 힘과 용기에서 다른 누구보다 우월하다고 주장했습니다.

사자의 목을 조르는 남자모습의 동상이 있는 교차로에 왔을 때도 그들은 여전히 열띤 논쟁을 벌이고 있었습니다.

"저기!" 남자가 의기양양하게 말했습니다. "저거 봐! 우리가 사자보다 더 강하는 것을 증명하지 않나?"

사자가 말했습니다. "그렇게 빠르게 말할 건 아니지 친구, 그건 당신 생각일 뿐이야, 만약 우리 사자들이 동상을 만들 수 있다면 너희들은 대부분 사자 밑에 깔린 남자를 보게 될 거야."

모든 질문에는 양면이 있다.

The Tortoise and The Eagle

A Tortoise, discontented with his lowly life, and envious of the birds he saw disporting themselves in the air, begged an Eagle to teach him to fly.

The Eagle protested that it was idle for him to try, as nature had not provided him with wings; but the Tortoise pressed him with entreaties and promises of treasure, insisting that it could only be a question of learning the craft of the air.

So, at length the Eagle consented to do the best he could for him, and picked him up in his talons.

Soaring with him to a great height in the sky he then let him go, and the wretched Tortoise fell headlong and was dashed to pieces on a rock.

거북이와 독수리

자신의 천한 삶에 불만을 갖고 있던 거북이는 공중에서 무리지어 노는 새들이 부러워 독수리에게 하늘을 나는 법을 가르쳐 달라고 애원했습니다.

독수리는 거북이에게 태어날 때부터 날개를 갖고 있지 않기 때문에 시도하는 것은 애초에 할 수 없다고 말했습니다. 그러나 거북이는 하늘을 나는 것은 기술의 문제일 뿐이라고 주장하며 독수리에게 보물을 주기로 약속하며 부탁하였습니다.

독수리는 마침내 그를 위해 최선을 다하기로 동의하고 발톱으로 거북이를 집어 들었습니다. 독수리는 하늘높이 올라가 거북이를 놓아주었고, 그 불쌍한 거북이는 곤두박질쳐서 바위에 부딪쳐 산산조각이 났습니다.

THE FOX WITHOUT A TAIL

A fox once fell into a trap, and after a struggle managed to get free, but with the loss of his brush. He was then so much ashamed of his appearance that he thought life was not worth living unless he could persuade the other Foxes to part with their tails also, and thus divert attention from his own loss.

So, he called a meeting of all the Foxes, and advised them to cut off their tails: "They're ugly things anyhow," he said, "and besides they're heavy, and it's tiresome to be always carrying them about with you."

But one of the other Foxes said, "My friend, if you hadn't lost your own tail, you wouldn't be so keen on getting us to cut off ours."

꼬리 없는 여우

여우는 예전에 덫에 걸려 간신히 풀려났지만 꼬리를 잃었습니다. 여우는 자신의 외모가 너무 부끄러워서 자신의 잃어버린 꼬리로부터 관심을 돌리려면 다른 여우들도 꼬리를 떼도록 설득해야 한다고 생각했습니다. 그럴 수 없다면 살 가치가 없다고 생각했습니다.

그래서 그는 모든 여우를 불러다가 그들에게 꼬리를 자르라고 충고했습니다.

"꼬리는 못생겼어, 게다가 무겁고, 항상 가지고 다니는 것도 귀찮아."라고 말했습니다.

여우들 중 한 마리가 말했습니다. "얘야, 만약 네가 꼬리를 잃지 않았다면, 너는 우리에게 그렇게 열심히 꼬리를 자르라고 하지 않았을 거야."

The Wild Boar and The Fox

A Wild Boar was engaged in whetting his tusks upon the trunk of a tree in the forest when a Fox came by and, seeing what he was at, said to him, "Why are you doing that, pray? The huntsmen are not out to-day, and there are no other dangers at hand that I can see."

"True, my friend," replied the Boar, "but the instant my life is in danger I shall need to use my tusks. There'll be no time to sharpen them then."

멧돼지와 여우

여우 한 마리가 숲속 나무줄기에 어금니를 갈고 있는 멧돼지 옆에 와서 말했습니다. "왜 그렇게 열심히 하세요? 사냥꾼들은 오늘 나오지 않았고, 내가 볼 때 다른 위험한 것도 없어요."

멧돼지가 대답했습니다. "맞아 친구, 내 목숨이 위험에 처한 순간 나는 내 어금니를 사용해야 해, 하지만 그때는 이렇게 갈 시간이 없어."

THE DOG AND THE SHADOW

A Dog was crossing a plank bridge over a stream with a piece of meat in his mouth, when he happened to see his own reflection in the water.

He thought it was another dog with a piece of meat twice as big; so, he let go his own, and flew at the other dog to get the larger piece.

But, of course, all that happened was that he got neither; for one was only a shadow, and the other was carried away by the current.

개와 그림자

개 한 마리가 고기 한 조각을 입에 물고 개울 위 널빤지 다리를 건너고 있는데 우연히 물에 비친 자신의 모습을 보게 되었습니다.

개는 두 배나 큰 고기 조각을 가진 다른 개라고 생각했습니다. 그래서 그는 더 큰 조각의 고기를 얻기 위해 그 개에게 정신없이 뛰어들었습니다.

물론, 모든 행동에서 개는 아무것도 얻지 못했습니다.

조각 하나는 그림자 일뿐이고, 다른 한 조각은 이미 물살에 떠내려갔기 때문입니다.

THE MICE AND THE WEASELS

There was war between the Mice and the Weasels, in which the Mice always got the worst of it, numbers of them being killed and eaten by the Weasels. So, they called a council of war, in which an old Mouse got up and said, "It's no wonder we are always beaten, for we have no generals to plan our battles and direct our movements in the field."

Acting on his advice, they chose the biggest Mice to be their leaders, and these, in order to be distinguished from the rank and file, provided themselves with helmets bearing large plumes of straw. They then led out the Mice to battle, confident of victory: but they were defeated as usual, and were soon scampering as fast as they could to their holes.

All made their way to safety without difficulty except the leaders, who were so hampered by the badges of their rank that they could not get into their holes, and fell easy victims to their pursuers.

Greatness carries its own penalties.

쥐와 족제비

쥐와 족제비 사이에 전쟁이 있었는데 쥐들은 항상 최악의 상황을 겪어 많은 수가 족제비들에게 죽임을 당하고 잡혀 먹혔습니다. 그래서 쥐들은 전쟁협의회를 열었고 그중 늙은 쥐가 일어나 "우리가 항상 패배하는 것은 당연하다. 왜냐하면 우리는 전투를 계획하고 현장에서 우리의 움직임을 지시할 장군이 없기 때문이다." 그의 조언에 따라 그들 중 가장 큰 쥐를 그들의 장군으로 임명하고 계급과 정보를 구별하기 위해 장군들에게 커다란 짚 덩어리가 달린 전투모를 제공했습니다.

장군들은 승리를 확신하며 쥐들을 전투로 이끌었습니다. 그러나 언제나처럼 패배했고 그들의 구멍으로 최대한 빨리 도망쳐야 했습니다.

쥐들은 모두 무사히 안전한 곳으로 대피했습니다.

계급 휘장이 방해가 되어 구멍에 들어갈 수 없어 희생된 장군들을 제외하고요.

위대함에는 나름대로 불이익이 있다.

The Bear and The Fox

A Bear was once bragging about his generous feelings, and saying how refined he was compared with other animals. (There is, in fact, a tradition that a Bear will never touch a dead body.)

A Fox, who heard him talking in this strain, smiled and said, "My friend, when you are hungry, I only wish you _would_ confine your attention to the dead and leave the living alone."

곰과 여우

곰은 자신의 너그러운 마음을 자랑하며 다른 동물들과 비교했을 때 자신이 얼마나 세련되었는지를 말하고 있었습니다. (사실 곰은 절대로 시체를 건드리지 않는다는 전통이 있다.)

곰이 이렇게 긴장감 있게 말하는 것을 들은 여우는 미소를 지으며 말했습니다. "내 친구야, 나는 네가 배가 고플 때, 죽은 것에 집중하고 살아있는 것은 내버려 두길 바란다."

THE OX AND THE FROG

Two little Frogs were playing about at the edge of a pool when an Ox came down to the water to drink, and by accident trod on one of them and crushed the life out of him.

When the old Frog missed him, she asked his brother where he was. "He is dead, mother," said the little Frog; "an enormous big creature with four legs came to our pool this morning and trampled him down in the mud." "Enormous, was he? Was he as big as this?" said the Frog, puffing herself out to look as big as possible. "Oh! yes, _much_ bigger," was the answer. The Frog puffed herself out still more. "Was he as big as this?" said she. "Oh! yes, yes, mother, _MUCH_ bigger," said the little Frog. And yet again she puffed and puffed herself out till she was almost as round as a ball.

"As big as...?" she began—but then she burst.

소와 개구리

어린 개구리 두 마리가 물웅덩이에서 놀고 있는데 소 한 마리가 물을 마시러 물가로 내려왔다가 그만 그들 중 한 마리를 밟아 목숨을 잃게 되었습니다.

늙은 엄마개구리는 그가 안보이자 동생에게 그가 어디에 있는지 물었습니다. "그는 죽었어요, 엄마" 동생 개구리가 말했습니다. "오늘 아침 네 개의 다리를 가진 거대한 생명체가 우리 웅덩이에 와서 그를 진흙속에서 짓밟아 버렸어요." "그가 거대했다고? 그가 이렇게 컸니?" 엄마개구리가 최대한 커 보이려고 몸을 부풀리며 말했습니다. "오! 네, 훨씬 커요." 개구리는 여전히 몸을 부풀리며 "이렇게 컸니?"그녀가 말했습니다. "아, 네, 어머니, 훨씬 컸어요." 동생 개구리가 말했습니다. 그리고 다시 그녀는 공처럼 둥글게 될 때까지 자신을 부풀렸습니다.

"이렇게 큰...?" 말을 시작했지만 곧 그녀는 터지고 말았습니다.

The Wolf, The Mother, and Her Child

A hungry Wolf was prowling about in search of food. By and by, attracted by the cries of a Child, he came to a cottage. As he crouched beneath the window, he heard the Mother say to the Child, "Stop crying, do! or I'll throw you to the Wolf."

Thinking she really meant what she said, he waited there a long time in the expectation of satisfying his hunger.

In the evening he heard the Mother fondling her Child and saying, "If the naughty Wolf comes, he shan't get my little one: Daddy will kill him." The Wolf got up in much disgust and walked away: "As for the people in that house," said he to himself, "you can't believe a word they say."

엄마와 아이 그리고 늑대

배고픈 늑대가 음식을 찾아 이리저리 돌아다녔습니다. 어린아이의 울음소리에 이끌려 오두막집까지 왔습니다. 창문 밑에 웅크리고 앉아 있는데, 엄마가 아이에게 "울지 마, 어서! 아니면 늑대에게 던져줄 거야."

그녀가 한말을 진심이라고 생각한 늑대는 허기를 채울 기대감에 그곳에서 오랫동안 기다렸습니다.

저녁이 되자 엄마는 아이를 귀여워하며 "만약 못된 늑대가 와도 우리 아기는 잡을 수 없지, 아빠가 늑대를 죽일 거야."라고 말하는 것을 늑대가 들었습니다. 늑대는 두려움에 괴로워하며 일어나 걸어 나가며 "저 집 사람들이 하는 말은 단 한 마디도 믿을 수 없어."라고 혼잣말을 하였습니다.

THE SHEEP, THE WOLF, AND THE STAG

A Stag once asked a Sheep to lend him a measure of wheat, saying that his friend the Wolf would be his surety.

The Sheep, however, was afraid that they meant to cheat her; so, she excused herself, saying, "The Wolf is in the habit of seizing what he wants and running off with it without paying, and you, too, can run much faster than I. So how shall I be able to come up with either of you when the debt falls due?"

양, 늑대 그리고 수사슴

수사슴이 양에게 밀을 빌려달라고 부탁하며 수사슴의 친구인 늑대가 보증인이 될 것이라고 말했습니다.

그러나 양은 그들이 자기를 속이려 하는 것 같아 두려웠습니다.

그래서 양은 "늑대는 자기가 원하는 것을 손에 넣으면 돈을 내지 않고 도망가는 버릇이 있어, 그리고 너도, 나보다 훨씬 빨리 달릴 수 있지. 만약 밀을 갚지 못한다면 나는 너희 둘 중, 누가 갚을 거라고 생각 할 수 있을까?"라고 침착하게 말했습니다.

THE LION AND THE THREE BULLS

Three Bulls were grazing in a meadow, and were watched by a Lion, who longed to capture and devour them, but who felt that he was no match for the three so long as they kept together.

So, he began by false whispers and malicious hints to foment jealousies and distrust among them.

This stratagem succeeded so well that ere long the Bulls grew cold and unfriendly, and finally avoided each other and fed each one by himself apart. No sooner did the Lion see this than he fell upon them one by one and killed them in turn.

The quarrels of friends are the opportunities of foe.

사자와 황소 세 마리

황소 세 마리가 목초지에서 풀을 뜯고 있었습니다. 사자는 황소를 잡아먹고 싶었지만 세 마리가 함께 있는 동안은 자신이 상대가 되지 못한다는 것을 알았습니다.

그래서 사자는 황소들끼리 질투하고 서로 믿을 수 없도록 거짓말과 나쁜 말을 황소들에게 속삭이기 시작했습니다.

이 전략은 너무나 잘 성공하여 황소들은 서로 차갑고 불친절하게 대했습니다. 마침내 서로를 피해서 각자 따로 풀을 먹었습니다. 사자는 이것을 보자마자 한 마리씩 그들 위에 올라 차례로 죽였습니다.

친구들의 싸움은 적에게 기회입니다.

The Horse and His Rider

A Young Man, who fancied himself something of a horseman, mounted a Horse which had not been properly broken in, and was exceedingly difficult to control.

No sooner did the Horse feel his weight in the saddle than he bolted, and nothing would stop him.

A friend of the Rider's met him in the road in his headlong career, and called out, "Where are you off to in such a hurry?" To which he, pointing to the Horse, replied, "I've no idea: ask him."

말과 기수

자신을 기수라고 상상한 한 청년이 제대로 길들여지지 않은 매우 어려운 말을 탔습니다.

말이 안장의 무게를 느끼자마자 갑자기 달렸고 아무도 말을 막지 못했습니다.

길에서 만난 청년의 친구가 그에게 외쳤습니다.

"어디 그렇게 급히 가니?"

청년은 말을 가리키며 대답했습니다.

"몰라, 말에게 물어봐."

THE PROPHET

A Prophet sat in the market-place and told the fortunes of all who cared to engage his services.

Suddenly there came running up one who told him that his house had been broken into by thieves, and that they had made off with everything they could lay hands on.

He was up in a moment, and rushed off, tearing his hair and calling down curses on the miscreants.

The bystanders were much amused, and one of them said, "Our friend professes to know what is going to happen to others, but it seems he's not clever enough to perceive what's in store for himself."

예언자

한 예언자가 시장에 앉아 자신의 앞날을 알고자하는 모든 사람들에게 운수를 알려줬습니다.

그런데 갑자기 한 사람이 달려와 예언자 집에 도둑이 들어 가져갈 수 있는 모든 것을 가지고 도망쳤다고 말했습니다.

예언자는 그 순간 일어나 머리를 쥐어뜯고 도둑들에게 저주를 퍼부으며 달려갔습니다.

구경꾼들은 매우 즐거워했고, 그들 중 한 명이 "예언자는 다른 사람들에게 무슨 일이 일어날지 안다고 공언하지만, 그는 자신에게 닥쳐올 상황을 알아차릴 만큼 똑똑하지 못한 것 같네요."라고 말했습니다.

THE MOUSE AND THE BULL

A Bull gave chase to a Mouse which had bitten him in the nose: but the Mouse was too quick for him and slipped into a hole in a wall.

The Bull charged furiously into the wall again and again until he was tired out, and sank down on the ground exhausted with his efforts.

When all was quiet, the Mouse darted out and bit him again. Beside himself with rage he started to his feet, but by that time the Mouse was back in his hole again, and he could do nothing but bellow and fume in helpless anger.

Presently he heard a shrill little voice say from inside the wall, "You big fellows don't always have it your own way, you see: sometimes we little ones come off best."

The battle is not always to the strong.

쥐와 황소

황소가 코를 물어뜯는 쥐를 쫓았지만 쥐는 아주 빠르게 벽에 있는 구멍으로 들어갔습니다. 황소는 격렬하게 계속해서 벽에 돌진하였지만 지쳐서 땅바닥에 주저앉았습니다.

모든 것이 조용해지자 쥐는 달려 나와 다시 그를 물었습니다. 화가 난 황소는 벌떡 일어섰지만 쥐는 벌써 다시 구멍으로 들어갔습니다. 황소는 어쩔 수 없어 분노에 울부짖고 씩씩거렸습니다.

그는 벽안에서 날카로운 작은 목소리가 들려오는 것을 들었습니다.

"너희 큰 녀석들도 항상 너희들 생각대로 잘 되는 것은 아니야, 너희도 알다시피 때때로 우리 같은 작은 녀석들이 잘 하는 것이 있어."

강자가 싸움에서 항상 이기는 것은 아니다.

The Farmer and The Fox

A Farmer was greatly annoyed by a Fox, which came prowling about his yard at night and carried off his fowls.

So he set a trap for him and caught him; and in order to be revenged upon him, he tied a bunch of tow to his tail and set fire to it and let him go. As ill-luck would have it, however, the Fox made straight for the fields where the corn was standing ripe and ready for cutting.

It quickly caught fire and was all burnt up, and the Farmer lost all his harvest.

Revenge is a two-edged sword.

농부와 여우

농부는 밤에 마당을 돌아다니며 새를 쫓는 여우에게 크게 짜증이 났습니다. 그래서 그는 덫을 놓아 여우를 붙잡았습니다.

그리고 그는 여우에게 복수하려고 꼬리에 한 다발의 고리를 묶고 불을 지른 후 그를 놓아주었습니다. 하지만 불행하게도 여우는 옥수수가 잘 익어 수확 준비가 되어있는 밭을 향해 똑바로 달려갔습니다.

순식간에 불이 붙어 모두 것이 타버렸고, 농부는 수확물을 모두 잃었습니다.

복수는 양날의 검이다.

VENUS AND THE CAT

A Cat fell in love with a handsome young man, and begged the goddess Venus to change her into a woman.

Venus was very gracious about it, and changed her at once into a beautiful maiden, whom the young man fell in love with at first sight and shortly afterwards married.

One day Venus thought she would like to see whether the Cat had changed her habits as well as her form; so she let a mouse run loose in the room where they were.

Forgetting everything, the young woman had no sooner seen the mouse than up she jumped and was after it like a shot: at which the goddess was so disgusted that she changed her back again into a Cat.

비너스와 고양이

고양이 한 마리가 잘생긴 젊은 남자와 사랑에 빠져, 비너스 여신에게 자신을 여자로 바꿔 달라고 애원했습니다.

비너스는 매우 자비로워 즉시 고양이를 아름다운 처녀로 변화시켰고 그 젊은이는 첫눈에 반해 곧 결혼했습니다.

어느 날 비너스는 그녀가 고양이의 형태뿐만 아니라 습관도 바뀌었는지 보고 싶다는 생각을 했습니다. 그래서 비너스는 그들의 방에 쥐를 놓아두었습니다.

젊은 여인은 쥐를 보자마자 모든 것을 잊고 쏜살같이 뛰어올라 쥐를 쫓았습니다. 여신은 너무 역겨워서 그녀를 다시 고양이로 바꾸어 버렸습니다.

THE CROW AND THE SWAN

A Crow was filled with envy on seeing the beautiful white plumage of a Swan, and thought it was due to the water in which the Swan constantly bathed and swam.

So he left the neighborhood of the altars, where he got his living by picking up bits of the meat offered in sacrifice, and went and lived among the pools and streams.

But though he bathed and washed his feathers many times a day, he didn't make them any whiter, and at last died of hunger into the bargain.

You may change your habits, but not your nature.

까마귀와 백조

아름답고 하얀 깃털을 가지고 있는 백조를 늘 부러워하던 까마귀는 그것은 백조가 항상 목욕하고 수영하는 물 때문이라고 생각했습니다.

그래서 그는 제단 근처로 떠나 그곳에 제물로 바쳐진 고기 조각으로 생계를 유지하며 웅덩이와 냇가 사이에서 살았습니다.

그는 하루에 여러 번 깃털을 목욕시키고 씻었지만 더 하얗게 되지 않았고 끝내 굶주려 죽었습니다.

습관은 바꿀 수 있지만 본성은 바꿀 수 없다.

The Farmer and The Stork

A Farmer set some traps in a field which he had lately sown with corn, in order to catch the cranes which came to pick up the seed.

When he returned to look at his traps, he found several cranes caught, and among them a Stork, which begged to be let go, and said, "You ought not to kill me: I am not a crane, but a Stork, as you can easily see by my feathers, and I am the most honest and harmless of birds."

But the Farmer replied, "It's nothing to me what you are: I find you among these cranes, who ruin my crops, and, like them, you shall suffer."

If you are with a bad friend,
someone will think you are bad.

농부와 황새

농부는 옥수수 밭에 씨앗을 먹기 위해 온 두루미들을 잡기 위해 덫을 놓았습니다.

그가 덫을 확인하려 돌아왔을 때, 몇 마리의 두루미들이 잡힌 것을 발견했고 그 중 한 마리가 놓아 달라고 애원하면 말했습니다. "나를 죽여서는 안 돼, 나는 두루미가 아니고 황새야, 네가 나의 깃털을 보면 알 수 있듯이 나는 새 중에서 가장 정직하고 해롭지 않아"

농부가 대답했습니다. "네가 무엇이든 나에게 아무것도 아니야, 나는 너를 두루미들 가운데서 찾았어, 내 농작물을 망치는 이 두루미들과 마찬가지로 너도 고통받아야 해."

만약 당신이 나쁜 친구와 같이 있다면
누군가 당신을 나쁘게 생각할 것입니다.

THE GRASSHOPPER AND THE ANTS

One fine day in winter some Ants were busy drying their store of corn, which had got rather damp during a long spell of rain.

Presently up came a Grasshopper and begged them to spare her a few grains, "For," she said, "I'm simply starving." The Ants stopped work for a moment, though this was against their principles.

"May we ask," said they, "what you were doing with yourself all last summer? Why didn't you collect a store of food for the winter?" "The fact is," replied the Grasshopper, "I was so busy singing that I hadn't the time."

"If you spent the summer singing," replied the Ants, "you can't do better than spend the winter dancing." And they chuckled and went on with their work.

메뚜기와 개미

겨울 어느 화창한 날, 개미들은 비가 계속 내려서 축축해진 옥수수를 말리느냐 바빴습니다.

그런데 메뚜기 한 마리가 다가와서 그들에게 곡식을 좀 나눠 달라고 간청했습니다. "배가 너무 고파요." 개미들은 그들의 원칙에 어긋나긴 했지만 잠시 일을 중단했습니다.

"우리가 뭐 좀 물어봐도 될까요." 개미들이 말했습니다. "지난여름에 당신은 무엇을 하고 있었나요? 왜 겨울에 필요한 음식을 모으지 않았나요?" "사실은..." 메뚜기가 말했습니다. "내가 노래를 부르느라 너무 바빠서 시간이 없었어요."

"여름에 노래를 부르며 보냈다면 겨울에는 춤추며 보내는 것보다 더 잘하는 것은 없을 거예요."라고 개미들이 대답했습니다. 그리고 그들은 웃으며 일을 계속했습니다.

THE TWO FROGS

Two Frogs were neighbors.

One lived in a marsh, where there was plenty of water, which frogs love: the other in a lane some distance away, where all the water to be had was that which lay in the ruts after rain. The Marsh Frog warned his friend and pressed him to come and live with him in the marsh, for he would find his quarters there far more comfortable and—what was still more important—more safe.

But the other refused, saying that he could not bring himself to move from a place to which he had become accustomed. A few days afterwards a heavy wagon came down the lane, and he was crushed to death under the wheels.

두 개구리

두 개구리는 이웃이었습니다.

한 마리는 개구리가 좋아하는 물이 많은 습지에 살았습니다. 다른 한 마리는 어느 정도 떨어진 비가 오면 모든 물이 고이는 골목길에 살았습니다. 습지에 사는 개구리가 같이 살자고 했습니다. 왜냐면 이곳 숙소가 훨씬 더 편안했고 더 중요한 것은 더 안전했기 때문입니다.

그러나 개구리는 자신이 익숙한 장소에서 다른 곳으로 옮겨갈 수 없다며 거절했습니다. 며칠 후 무거운 마차가 차선을 따라 달려와 그 개구리는 바퀴 밑에 깔려 죽었습니다.

THE TRAVELLERS AND THE PLANE-TREE

Two Travelers were walking along a bare and dusty road in the heat of a summer's day.

Coming presently to a Plane-tree, they joyfully turned aside to shelter from the burning rays of the sun in the deep shade of its spreading branches.

As they rested, looking up into the tree, one of them remarked to his companion, "What a useless tree the Plane is! It bears no fruit and is of no service to man at all."

The Plane-tree interrupted him with indignation.

"Your ungrateful creature!" it cried: "you come and take shelter under me from the scorching sun, and then, in the very act of enjoying the cool shade of my foliage, you abuse me and call me good for nothing!"

여행자와 플라타너스

두 명의 여행자가 여름 무더위에 맨몸으로 먼지투성이 길을 걷고 있었습니다.

플라타너스 나무에 도착한 그들은 뻗어 있는 나뭇가지 아래 그늘로 태양의 뜨거운 빛을 피해 들어갔습니다.

쉬면서 나무 위를 올려다보던 그들 중 한 명이 동료에게 말했습니다. "이 나무는 정말 쓸모없는 나무야! 열매도 없고 인간에게 전혀 도움이 되지 않아."

플라타너스가 분개하여 그의 말을 가로막았습니다.

"이 은혜를 모르는 사람아! 내 나뭇잎이 만든 시원한 그늘을 즐기더니 나를 욕하고 아무짝에도 쓸모없다고 말해!"

The Man and His Two Sweethearts

A Man of middle age, whose hair was turning grey, had two Sweethearts, an old woman and a young one.

The elder of the two didn't like having a lover who looked so much younger than herself; so, whenever he came to see her, she used to pull the dark hairs out of his head to make him look old.

The younger, on the other hand, didn't like him to look so much older than herself, and took every opportunity of pulling out the grey hairs, to make him look young.

Between them, they left not a hair in his head, and he became perfectly bald.

한 남자와 그의 두 연인

머리가 희끗희끗해지는 중년의 남자에게 두 명의 연인이 있었습니다.

한 여인은 나이가 들었고 한 여인은 젊었습니다. 나이가 든 연인은 남자가 자기보다 훨씬 어려 보이는 것이 싫어 남자가 자신을 만나러 올 때마다 그를 늙게 보이려고 그의 머리에서 검은 머리카락을 뽑아내곤 했습니다.

반면 젊은 여인은 남자가 자기보다 훨씬 늙어 보이는 것이 싫어서 기회가 되면 회색 머리카락을 뽑아 그를 젊어 보이게 했습니다.

그녀들 사이에서 그는 머리에 머리카락이 하나도 남지 않은 완벽한 대머리가 되었습니다.

THE LAMB CHASED BY A WOLF

A Wolf was chasing a Lamb, which took refuge in a temple.

The Wolf urged it to come out of the precincts, and said, "If you don't, the priest is sure to catch you and offer you up in sacrifice on the altar."

To which the Lamb replied, "Thanks, I think I'll stay where I am: I'd rather be sacrificed any day than be eaten up by a Wolf."

늑대에게 쫓기는 어린 양

늑대에게 쫓기고 있던 어린 양이 늑대를 피해 성전으로 피신했습니다.

늑대가 성전에서 나오라고 재촉하며 말했습니다. “나오지 않으면 제사장이 반드시 너를 잡아서 제단 위에 제물로 바칠 것이다.”

그러자 어린 양이 대답했습니다.

“고맙습니다. 저는 이곳에 머물러 있을 것입니다. 나는 당신에게 잡아먹히느니, 언제라도 제물로 쓰이고 싶습니다.”

THE WOLVES AND THE DOGS

Once upon a time the Wolves said to the Dogs, "Why should we continue to be enemies any longer? You are very like us in most ways: the main difference between us is one of training only. We live a life of freedom; but you are enslaved to mankind, who beat you, and put heavy collars round your necks, and compel you to keep watch over their flocks and herds for them, and, to crown all, they give you nothing but bones to eat. Don't put up with it any longer, but hand over the flocks to us, and we will all live on the fat of the land and feast together."

The Dogs allowed themselves to be persuaded by these words, and accompanied the Wolves into their den. But no sooner were they well inside than the Wolves set upon them and tore them to pieces.

Traitors richly deserve their fate.

늑대와 개

옛날에 늑대들이 개들에게 말했습니다. “왜 우리가 적이 되어야 합니까? 대부분의 면에서 우리는 매우 같습니다. 우리 사이의 중요한 차이점은 오직 훈련 한가지입니다. 저희는 자유로운 삶을 살고 있습니다. 그러나 당신들은 사람들이 노예로 삼고, 때리고, 목에 무거운 목걸이를 걸고 양과 소를 지키라고 당신들에게 강요합니다. 그리고 모든 것을 자기들이 먼저 챙기고 당신들에게 뼈밖에 주지 않습니다. 더 이상 참지 말고, 양 떼를 우리에게 넘겨주십시오. 그러면 이 기름진 땅위에서 함께 잔치를 벌이겠습니다.”

개들은 이 말에 설득되어 늑대들과 함께 그들의 소굴로 들어갔습니다. 그리고 그들이 안으로 들어오자마자 늑대들은 그들을 덮쳐 산산조각을 냈습니다.

배신자들은 그들의 운명을 마땅히 받아야합니다.

THE BULL AND THE CALF

A full-grown Bull was struggling to force his huge bulk through the narrow entrance to a cow-house where his stall was, when a young Calf came up and said to him, "If you'll step aside a moment, I'll show you the way to get through."

The Bull turned upon him an amused look. "I knew that way," said he, "before you were born."

황소와 송아지

다 자란 황소가 자신이 어릴 때 살던 외양간으로 들어가는 좁은 입구 앞에서 거대한 몸집을 억지로 통과시키려고 애를 쓰고 있는데 어린 송아지가 다가와서 그에게 "잠시 비켜 주시면 제가 통과하는 길을 안내해 드리겠습니다."라고 말했습니다.

황소는 송아지에게 즐거운 표정을 지어 보이며 "나도 알고 있어, 네가 태어나기 전부터."

The Astronomer

There was once an Astronomer whose habit it was to go out at night and observe the stars.

One night, as he was walking about outside the town gates, gazing up absorbed into the sky and not looking where he was going, he fell into a dry well.

As he lay there groaning, someone passing by heard him, and, coming to the edge of the well, looked down and, on learning what had happened, said, "If you really mean to say that you were looking so hard at the sky that you didn't even see where your feet were carrying you along the ground, it appears to me that you deserve all you've got."

천문학자

옛날에 밤이면 습관처럼 밖에 나가 별을 관찰하는 천문학자가 있었습니다. 어느 날 밤, 그는 성문 밖에서 하늘만 바라보고 어디로 가는지 보지 않고 걷다가 그만 마른 우물에 빠졌습니다.

그가 우물 바닥에 누워 신음하는 소리를 지나가던 사람이 듣고, 우물 가장자리에서 아래를 내려다보고 나서 무슨 일이 일어났는지 알게 되었습니다.

"정말 당신이 하늘을 너무 열심히 보고 있어서 당신 발이 땅위에서 걷는 곳조차 보지 못했다면, 당신은 이 상황들을 받아들일만 하다고 보이는데요."

The Fox and The Grasshopper

A Grasshopper sat chirping in the branches of a tree. A Fox heard her, and, thinking what a dainty morsel she would make, he tried to get her down by a trick.

Standing below in full view of her, he praised her song in the most flattering terms, and begged her to descend, saying he would like to make the acquaintance of the owner of so beautiful a voice.

But she was not to be taken in, and replied, "You are very much mistaken, my dear sir, if you imagine I am going to come down: I keep well out of the way of you and your kind ever since the day when I saw numbers of grasshoppers wings strewn about the entrance to a fox's earth."

여우와 메뚜기

메뚜기 한 마리가 나뭇가지에 앉아 재잘거리고 있었습니다. 여우는 소리를 듣고 메뚜기 한 마리로 얼마나 앙증맞은 음식을 만들어 볼까 생각하며 속임수를 써서 그녀를 내려오게 하려했습니다.

여우는 밑에 서서 그녀를 바라보며 그녀의 노래를 가장 돋보이는 말로 칭찬하고, 아름다운 목소리의 주인과 친분을 쌓고 싶다며 그녀에게 내려오라고 간청했습니다.

그러나 그녀를 속일 수 없었습니다. "내가 내려올 거라고 상상한다면 당신은 매우 착각하고 있습니다. 나는 여우굴 입구에 메뚜기 날개가 무수히 흩어져 있는 것을 보고부터 당신과 당신 종족들에게 가까이 가지 않습니다."

THE ASS AND THE DOG

An Ass and a Dog were on their travels together, and, as they went along, they found a sealed packet lying on the ground. The Ass picked it up, broke the seal, and found it contained some writing, which he proceeded to read out aloud to the Dog.

As he read on it turned out to be all about grass and barley and hay—in short, all the kinds of fodder that Asses are fond of. The Dog was a good deal bored with listening to all this, till at last his impatience got the better of him, and he cried, "Just skip a few pages, friend, and see if there isn't something about meat and bones."

The Ass glanced all through the packet, but found nothing of the sort, and said so. Then the Dog said in disgust, "Oh, throw it away, do: what's the good of a thing like that?"

당나귀와 개

당나귀와 개가 함께 여행을 하고 있는데 길을 가다가 땅 위에 봉인된 꾸러미가 놓여 있는 것을 발견했습니다. 당나귀는 꾸러미를 주워 열어 보고 그 안에 글씨가 쓰여 있는 것을 발견, 그것을 개에게 큰소리로 읽어 주기 시작했습니다.

내용은 풀과 보리 그리고 건초, 즉 당나귀들이 좋아하는 모든 종류의 사료였습니다. 개는 이 모든 것을 듣는 것이 매우 지루했고, 마침내 조바심이 나서 "친구야, 그냥 몇 페이지 건너뛰고 고기와 뼈에 대한 것이 있는지 좀 봐."라고 외쳤습니다.

당나귀는 꾸러미를 샅샅이 뒤졌지만 아무것도 발견하지 못했다고 말했습니다. 그러자 개가 혐오스러운 표정으로 말했습니다. "야, 버려, 버리라고, 그런 게 무슨 소용이야?"

THE GOATHERD AND THE GOAT

A Goatherd was one day gathering his flock to return to the fold, when one of his goats strayed and refused to join the rest.

He tried for a long time to get her to return by calling and whistling to her, but the Goat took no notice of him at all; so at last he threw a stone at her and broke one of her horns. In dismay, he begged her not to tell his master: but she replied, "You silly fellow, my horn would cry aloud even if I held my tongue."

It's no use trying to hide what can't be hidden.

염소지기와 염소

염소지기가 어느 날 염소 떼를 모아 우리로 돌아가고 있는데 염소 중 하나가 무리에서 벗어나 합류하기를 거부했습니다.

그는 오랫동안 부르고 휘파람을 불며 돌아오도록 노력했지만 염소는 전혀 알아차리지 못했습니다. 마침내 그는 돌을 던졌고 염소의 뿔 하나가 부러졌습니다. 염소지기는 당황하여 주인에게 말하지 말라고 염소에게 간청했습니다.

그러자 염소가 "이 어리석은 녀석아, 내가 내 혀를 잡아 소리가 안 나도 내 뿔이 큰 소리로 울 것이다."

숨길 수 없는 것은 숨기려 해도 소용없다.

THE RIVERS AND THE SEA

Once upon a time all the Rivers combined to protest against the action of the Sea in making their waters salt.

"When we come to you" said they to the Sea, "we are sweet and drinkable: but when once we have mingled with you, our waters become as briny and unpalatable as your own."

The Sea replied shortly, "Keep away from me and you'll remain sweet."

강과 바다

옛날 옛적에 모든 강들이 연합하여 강물을 소금물로 만드는 바다의 행동에 항의했습니다.

그들이 바다에게 말했습니다. "우리가 당신에게 갈 때까지 우리는 달콤하게 마실 수 있는 상태였습니다. 그러나 우리가 당신과 섞이며 우리의 물은 짜고 입에 안 맞게 됩니다."

바다는 곧 대답했습니다. "나를 멀리하렴, 그러면 너희는 여전히 달콤하기만 할 것이야."

THE LION IN LOVE

A Lion fell deeply in love with the daughter of a cottager and wanted to marry her; but her father was unwilling to give her to so fearsome a husband, and yet didn't want to offend the Lion; so he hit upon the following expedient.

He went to the Lion and said, "I think you will make a very good husband for my daughter: but I cannot consent to your union unless you let me draw your teeth and pare your nails, for my daughter is terribly afraid of them."

The Lion was so much in love that he readily agreed that this should be done. When once, however, he was thus disarmed, the Cottager was afraid of him no longer, but drove him away with his club.

사랑에 빠진 사자

사자는 오두막집 딸과 깊은 사랑에 빠져 그녀와 결혼하고 싶었습니다. 그러나 그녀의 아버지는 그녀를 무시무시한 남편감에게 주려고 하지 않았습니다. 하지만 사자의 기분을 상하게 하고 싶지 않았습니다. 아버지는 다음과 같은 방편을 썼습니다.

그는 사자에게 가서 말했습니다. "너는 내 딸을 위해 아주 좋은 남편이 될 거 같다. 그러나 네가 너의 이빨과 손톱을 깎지 않으면 결혼에 동의할 수 없다. 내 딸은 이빨과 손톱을 끔찍이 무서워한다."

사자는 사랑에 빠져, 그렇게 해야 한다는 데 흔쾌히 동의했습니다. 그리고 이렇게 무장이 해제되자 아버지는 더 이상 사자를 두려워하지 않게 되어 집에서 사자를 몰아냈습니다.

THE WOLF AND THE HORSE

A Wolf on his rambles came to a field of oats, but not being able to eat them, he was passing on his way when a Horse came along.

"Look," said the Wolf, "here's a fine field of oats. For your sake I have left it untouched, and I shall greatly enjoy the sound of your teeth munching the ripe grain."

But the Horse replied, "If wolves could eat oats, my fine friend, you would hardly have indulged your ears at the cost of your belly."

There is no virtue in giving to others what is useless to oneself.

늑대와 말

한 늑대가 걷다가 귀리 밭에 도착했지만 귀리를 먹을 수 없어 지나쳐 가는 길에 말 한 마리를 보았습니다.

"저기 보시오." 늑대가 말했습니다. "여기 좋은 귀리 밭이 있습니다. 내가 당신을 위해 그것을 그대로 두었으니, 당신 이빨이 잘 익은 곡식을 씹는 소리에 제가 즐거울 것 같습니다."

말이 대답했습니다. "친절한 친구여, 만약 당신이 귀리를 먹을 수 있었다면 당신은 당신 배를 굶주리면서 귀를 즐겁게 만들지 않았을 것입니다."

자신에게 쓸모없는 것을

남에게 주는 것은 미덕이 아니다.

THE WASP AND THE SNAKE

A Wasp settled on the head of a Snake, and not only stung him several times, but clung obstinately to the head of his victim.

Maddened with pain the Snake tried every means he could think of to get rid of the creature, but without success.

At last, he became desperate, and crying, "Kill you I will, even at the cost of my own life," he laid his head with the Wasp on it under the wheel of a passing wagon, and they both perished together.

말벌과 뱀

뱀의 머리에 자리를 잡은 말벌은 그를 여러 번 쏘았을 뿐만 아니라 뱀의 머리에 고집스럽게 매달려 있었습니다.

고통으로 화가 난 뱀은 말벌을 없애기 위해 온갖 수단을 다 동원했지만 성공하지 못했습니다.

마침내 뱀은 자포자기하며 울부짖으면 말했습니다.

"내가 죽더라도 너를 죽여 버리겠다." 뱀은 지나가는 마차의 바퀴 밑에 말벌과 함께 머리를 두어 함께 죽었습니다.

THE WEASEL AND THE MAN

A Man once caught a Weasel, which was always sneaking about the house, and was just going to drown it in a tub of water, when it begged hard for its life, and said to him, "Surely you haven't the heart to put me to death? Think how useful I have been in clearing your house of the mice and lizards which used to infest it, and show your gratitude by sparing my life."

"You have not been altogether useless, I grant you," said the Man: "but who killed the fowls? Who stole the meat? No, no! You do much more harm than good, and die you shall."

족제비와 남자

한 남자가 집 근처를 몰래 돌아다니던 족제비를 잡아, 물통에 빠뜨리려고 하자 족제비가 목숨을 구걸하며 그에게 말했습니다. "당신은 나를 죽일 마음은 없죠? 내가 당신 집에 많았던 쥐와 도마뱀을 없애는 데 얼마나 도움이 되었는지 생각해 보세요. 내 목숨을 살려주는 것으로 감사를 대신하세요."

남자가 말했습니다. "네가 전혀 쓸모없다고 생각하지 않아, 인정해, 그런데 닭은 누가 죽였지? 누가 고기를 훔쳤지? 아니, 아니! 너는 득보다 훨씬 더 많은 해를 끼치고 있어, 죽일 거야."

The Rose and The Amaranth

A Rose and an Amaranth blossomed side by side in a garden, and the Amaranth said to her neighbor, “How I envy you your beauty and your sweet scent!

No wonder you are such a universal favorite.” But the Rose replied with a shade of sadness in her voice, “Ah, my dear friend, I bloom but for a time: my petals soon wither and fall, and then I die. But your flowers never fade, even if they are cut; for they are everlasting.”

장미와 아마란스

정원에 장미와 아마란스가 나란히 꽃을 피웠습니다.

아마란스는 장미에게 "당신의 아름다움과 달콤한 향기가 부럽습니다! 당신이 세계적으로 사랑을 받는 것은 당연합니다." 라고 말했습니다.

그러나 장미는 슬픈 목소리로 대답했습니다. "아, 나의 사랑하는 친구여, 나는 잠시 꽃을 피우지만 나의 꽃잎은 금방 떨어져 시들고 나는 죽습니다. 그러나 당신은 꽃이 잘려도 결코 사라지지 않습니다. 그것은 영원하기 때문입니다."

* 아마란스 : 시들지 않는 꽃, 영원한 꽃

THE WOLF AND HIS SHADOW

A Wolf, who was roaming about on the plain when the sun was getting low in the sky, was much impressed by the size of his shadow, and said to himself, "I had no idea I was so big. Fancy my being afraid of a lion! Why, I, not he, ought to be King of the beasts"; and, heedless of danger, he strutted about as if there could be no doubt at all about it. Just then a lion sprang upon him and began to devour him.

"Alas," he cried, "had I not lost sight of the facts, I shouldn't have been ruined by my fancies."

늑대와 그의 그림자

해가 저물어 갈 때 평야를 배회하던 늑대 한 마리가 자신의 그림자 크기에 감명을 받고 혼잣말을 했습니다. “내가 이렇게 큰 줄 몰랐네. 내가 사자를 무서워한다고 상상해봐! 그가 아니라 내가 짐승의 왕이 되어야 해.” 늑대는 위험 따윈 신경 쓰지 않고 자신이 왕이 되는 것에 조금도 의심의 여지없이 거드름을 피웠습니다.

바로 그때 사자가 그에게 달려들어 그를 잡아먹기 시작했습니다.

“아아아, 내가 사실을 망각하지 않았더라면, 나의 자만심에 망가지지 말았어야 했어.” 늑대가 외쳤습니다.

THE WILY LION

A Lion watched a fat Bull feeding in a meadow, and his mouth watered when he thought of the royal feast he would make, but he did not dare to attack him, for he was afraid of his sharp horns.

Hunger, however, presently compelled him to do something: and as the use of force did not promise success, he determined to resort to artifice. Going up to the Bull in friendly fashion, he said to him, "I cannot help saying how much I admire your magnificent figure. What a fine head! What powerful shoulders and thighs! But, my dear friend, what in the world makes you wear those ugly horns? You must find them as awkward as they are unsightly. Believe me, you would do much better without them."

The Bull was foolish enough to be persuaded by this flattery to have his horns cut off; and, having now lost his only means of defense, fell an easy prey to the Lion.

교활한 사자

초원에서 살찐 황소가 풀을 뜯고 있는 것을 보던 사자 한 마리가 황소로 성대한 잔치를 할 생각을 하자 입에 침이 고였습니다.

그러나 황소의 날카로운 뿔이 두려워서 감히 공격할 엄두를 내지 못했습니다.

배고픔이 그에게 무엇이든 하도록 강요했습니다. 무력의 사용이 성공을 장담하지 못했기에 사자는 꾀를 내어 보기로 결심했습니다.

그는 친근한 모습으로 황소에게 다가가 "당신의 웅장한 모습을 얼마나 존경하는지 말하지 않을 수 없습니다. 정말 멋진 머리예요! 정말 강력한 어깨와 허벅지! 그런데, 친구여, 도대체 왜 그런 못생긴 뿔을 달고 있나요? 당신은 그 뿔이 보기 흉하고 어색한 것을 알아야합니다. 저를 믿으세요, 그것이 없으면 훨씬 더 멋있을 겁니다."

황소는 어리석게도 아첨에 설득되어 뿔을 잘라냈습니다. 그리고 유일한 방어수단을 잃자 사자의 손쉬운 먹잇감이 되었습니다.

The Stag and The Lion

A Stag was chased by the hounds, and took refuge in a cave, where he hoped to be safe from his pursuers. Unfortunately, the cave contained a Lion, to whom he fell an easy prey.

"Unhappy that I am," he cried, "I am saved from the power of the dogs only to fall into the clutches of a Lion."

Out of the frying-pan into the fire.

사슴과 사자

사슴 한 마리가 사냥개들에게 쫓겨 동굴로 피신해 그곳에서 추적자들로부터 안전하기를 바랐습니다. 불행하게도 그 동굴에는 사자가 있었고 사슴은 사자에게 쉬운 먹잇감이 되었습니다.

"나는 불행하다."고 그는 외쳤습니다.

"나는 개들의 두려움에서 구원받았는데 사자의 손아귀에 떨어지다니."

프라이팬에서 나오니 불속으로

THE FARMER AND HIS DOGS

A Farmer was snowed up in his farmstead by a severe storm, and was unable to go out and procure provisions for himself and his family.

So he first killed his sheep and used them for food; then, as the storm still continued, he killed his goats; and, last of all, as the weather showed no signs of improving, he was compelled to kill his oxen and eat them.

When his Dogs saw the various animals being killed and eaten in turn, they said to one another, "We had better get out of this or we shall be the next to go!"

농부와 개들

심한 폭풍으로 농장에 눈이 내려 농부는 자신과 가족을 위해 식량을 구할 수 없었습니다. 그래서 그는 먼저 양을 죽여 식량으로 사용했습니다.

그래도 폭풍이 계속되자 염소를 죽였습니다. 날씨가 나아질 기미가 보이지 않아 마지막으로 황소를 죽여 먹어야 했습니다.

그의 개들은 여러 동물들이 차례로 죽임을 당해 잡혀 먹는 것을 보고 서로에게 말했습니다. "우리는 여기서 벗어나는 것이 좋겠어, 그렇지 않으면 다음 차례가 우리야."

THE FOX AND THE LEOPARD

A Fox and a Leopard were disputing about their looks, and each claimed to be the more handsome of the two. The Leopard said, "Look at my smart coat; you have nothing to match that." But the Fox replied,

"Your coat may be smart, but my wits are smarter still."

여우와 표범

여우와 표범은 그들의 외모에 대해 논쟁하고 있었습니다. 서로 자신이 둘 중 더 잘생겼다고 주장했습니다.

표범이 말했습니다.

"내 신박한 털 좀 봐, 너는 이런 거 하나도 없지."

그러자 여우가 대답했다.

"너의 털은 뭐 신박할 수 있겠지만, 나의 재치는 늘 똑똑하지."

THE FOXES AND THE RIVER

A number of Foxes assembled on the bank of a river and wanted to drink; but the current was so strong and the water looked so deep and dangerous that they didn't dare to do so, but stood near the edge encouraging one another not to be afraid.

At last, one of them, to shame the rest, and show how brave he was, said, "I am not a bit frightened! See, I'll step right into the water!" He had no sooner done so than the current swept him off his feet. When the others saw him being carried downstream they cried, "Don't go and leave us! Come back and show us where we too can drink with safety."

But he replied, "I'm afraid I can't yet: I want to go to the seaside, and this current will take me there nicely. When I come back, I'll show you with pleasure."

여우와 강

많은 여우들이 강둑에 모여 물을 마시고 싶어 했습니다. 하지만 물살이 너무 세고 깊고 위험해 보여 누구도 감히 물을 마실 엄두를 내지 못했습니다. 두려워하지 말자고 서로를 격려하며 강 가장자리에 서 있을 뿐이었습니다.

마침내 그들 중 하나가 동료들을 부끄러워하며, 그가 얼마나 용감한지 보여주기 위해 말했습니다. "나는 조금도 두렵지 않아! 봐, 내가 지금 물속으로 들어갈게!" 그가 들어가자마자 물살이 그의 발을 휩쓸었습니다. 다른 여우들은 그가 하류로 끌려가는 것을 보고 울부짖었습니다. "우리 곁을 떠나지 말아요, 돌아와서 우리들도 안전하게 마실 수 있는 곳을 알려주세요."

그러자 그는 대답했다. "지금은 못 갈 것 같습니다. 바닷가에 가고 싶은데, 물살이 잘 맞아서 갈 수 있을 것 같습니다. 돌아오면 기쁜 마음으로 보여드리겠습니다."

The Swallow and The Crow

A Swallow was once boasting to a Crow about her birth. "I was once a princess," said she, "the daughter of a King of Athens, but my husband used me cruelly, and cut out my tongue for a slight fault. Then, to protect me from further injury, I was turned by Juno into a bird."

"You chatter quite enough as it is," said the Crow. "What you would have been like if you hadn't lost your tongue, I can't think."

제비와 까마귀

제비는 까마귀에게 자신의 출생에 대해 자랑했습니다. "나는 한 때 공주였어요, 아테네 왕의 딸이었지만 남편은 저를 잔인하게 이용했고 사소한 잘못으로 제 혀를 잘랐어요. 그리고 더 이상의 부상에서 저를 보호하기 위해 주노신이 저를 품위 있는 새로 변신시켰어요."

까마귀가 말했습니다. "당신은 있는 그대로 충분한 수다쟁이네요. 만약 당신이 혀를 잃지 않았다면 어땠을지, 나는 생각도 하기 싫군요."

The Traveller and Fortune

A Traveler, exhausted with fatigue after a long journey, sank down at the very brink of a deep well and presently fell asleep.

He was within an ace of falling in, when Dame Fortune appeared to him and touched him on the shoulder, cautioning him to move further away. "Wake up, good sir, I pray you"

she said; "had you fallen into the well, the blame would have been thrown not on your own folly but on me, Fortune."

여행자와 행운

긴 여행 끝에 피로에 지친 한 여행자가 깊은 우물 바로 옆에 주저앉아 잠이 들었습니다.

그는 잘못하면 우물 밑으로 떨어질 뻔했는데 행운의 여신이 나타나서 그의 어깨를 만지며 우물에서 더 멀리 가라고 경고했습니다. "일어나세요, 선생님, 기원합니다."

그녀가 말했습니다. "당신이 우물에 빠졌더라면 당신의 어리석음을 비난하는 것이 아니라 나, 운에게 떠넘겨졌을 것입니다."

THE CAT AND THE MICE

There was once a house that was overrun with Mice. A Cat heard of this, and said to herself, "That's the place for me," and off she went and took up her quarters in the house, and caught the Mice one by one and ate them.

At last, the Mice could stand it no longer, and they determined to take to their holes and stay there. "That's awkward," said the Cat to herself: "the only thing to do is to coax them out by a trick." So she considered a while, and then climbed up the wall and let herself hang down by her hind legs from a peg, and pretended to be dead. By and by a Mouse peeped out and saw the Cat hanging there.

"Aha!" it cried, "you're very clever, madam, no doubt: but you may turn yourself into a bag of meal hanging there, if you like, yet you won't catch us coming anywhere near you."

고양이와 쥐

쥐가 넘쳐나는 집이 있었습니다. 고양이 한 마리가 이 소식을 듣고 "그곳이 나를 위한 곳이다."라고 혼잣말을 하였습니다. 그리고 집에 들어가 쥐들을 하나씩 잡아먹었습니다.

마침내 쥐들은 더 이상 견딜 수 없어 구멍을 뚫고 그 속에 들어가 머물기로 결심했습니다. "그건, 곤란하지."라고 고양이가 혼잣말을 했습니다. "그들을 속임수로 구슬려 나오게 하는 것 밖에 없어." 고양이는 잠시 생각하더니 벽을 기어올라 말뚝에 자신의 뒷다리를 매달고 죽은 척했습니다. 쥐가 살짝 밖을 내다보다 고양이가 그곳에 매달려 있는 것을 보았습니다.

"아하!"하고 외쳤다. "역시, 아주 영리하시네요. 부인, 당신은 원한다면 거기에 걸려있는 음식 한 자루로 자신을 바꿀 수 있지만 당신 가까이에 오는 우리를 잡지 못할 것입니다."

THE MISCHIEVOUS DOG

There was once a Dog who used to snap at people and bite them without any provocation, and who was a great nuisance to everyone who came to his master's house.

So his master fastened a bell round his neck to warn people of his presence. The Dog was very proud of the bell, and strutted about tinkling it with immense satisfaction.

But an old dog came up to him and said, "The fewer airs you give yourself the better, my friend. You don't think, do you, that your bell was given you as a reward of merit? On the contrary, it is a badge of disgrace."

Notoriety is often mistaken for fame.

악의적인 개

화나게 하지 않아도 사람들을 덥석 물던 개가 있었는데 주인집에 오는 모든 사람들에게 개는 큰 골칫거리였습니다.

주인은 사람들에게 개의 존재를 알리기 위해 목에 방울을 달았습니다. 개는 그 종을 매우 자랑스러워했고, 아주 만족스럽게 그것을 만지작거리며 뽐냈습니다.

늙은 개 한 마리가 그에게 다가와 말했습니다. "잘난 척을 좀 덜 하는 게 좋을 걸, 친구야 너는 종이 너에게 공로의 보상으로 주어졌다고 생각하지? 그건 불명예스러운 배지야."

악명은 종종 명성으로 오인됩니다.

The Mice in Council

Once upon a time all the Mice met together in Council, and discussed the best means of securing themselves against the attacks of the cat.

After several suggestions had been debated, a Mouse of some standing and experience got up and said, "I think I have hit upon a plan which will ensure our safety in the future, provided you approve and carry it out. It is that we should fasten a bell round the neck of our enemy the cat, which will by its tinkling warn us of her approach."

This proposal was warmly applauded, and it had been already decided to adopt it, when an old Mouse got upon his feet and said, "I agree with you all that the plan before us is an admirable one: but may I ask who is going to bell the cat?"

의회의 쥐들

옛날 옛적에 모든 쥐들이 의회에서 만나 고양이의 공격으로부터 자신들을 보호할 수 있는 최선의 방법을 논의했습니다.

몇 가지 제안에 대한 논의가 있은 후, 약간의 입지 있고 경험 많은 쥐가 일어나 "나는 여러분이 승인하고 실행한다면 안전을 보장할 계획이 있다고 생각합니다. 그것은 우리가 적의 목에 방울을 달아야 한다는 것입니다. 고양이 목에 방울을 달면 방울소리가 고양이의 접근을 경고해 줄 것입니다."

이 제안은 열렬한 박수를 받았고 채택하기로 결정되었는데, 한 늙은 쥐가 일어서서 "앞에 말한 계획은 존경할 만한 것이라는데 전적으로 동의해요, 하지만 누가 고양이에게 종을 달아 울리게 할지 물어봐도 될까요?"

THE BAT AND THE WEASELS

A Bat fell to the ground and was caught by a Weasel, and was just going to be killed and eaten when it begged to be let go.

The Weasel said he couldn't do that because he was an enemy of all birds on principle. "Oh, but," said the Bat, "I'm not a bird at all: I'm a mouse." "So you are," said the Weasel, "now I come to look at you"; and he let it go.

Sometime after this the Bat was caught in just the same way by another Weasel, and, as before, begged for its life. "No," said the Weasel, "I never let a mouse go by any chance." "But I'm not a mouse," said the Bat; "I'm a bird." "Why, so you are," said the Weasel; and he too let the Bat go.

Look and see which way the wind blows before you commit yourself.

박쥐와 족제비

박쥐 한 마리가 땅에 떨어져 족제비에게 잡혀 놓아달라고 애원했습니다.

하지만 족제비는 박쥐를 먹으려고 했습니다. 원칙적으로 족제비는 모든 새들의 적이기 때문에 그렇게 할 수 없다고 말했습니다.

"오, 하지만, 나는 새가 아니야, 나는 쥐야." 박쥐가 말했습니다. "그래, 너구나, 이제야 너를 알아보겠구나." 하고 족제비가 말하면서 박쥐를 놓아주었습니다.

얼마 후 박쥐는 다른 족제비에게 같은 방식으로 잡혔고 예전처럼 살려달라고 애원했습니다. "안 돼, 난 절대 쥐를 놓아주지 않아" 족제비가 말했습니다. "하지만 난 쥐가 아니야, 나는 새야." 박쥐가 말했습니다. 그리고 그 족제비도 박쥐를 놓아줬습니다.

자신이 위태롭기 전에 바람이 어느 방향으로 부는지 봐라.

The Cat and The Birds

A Cat heard that the Birds in an aviary were ailing. So, he got himself up as a doctor, and, taking with him a set of the instruments proper to his profession, presented himself at the door, and inquired after the health of the Birds.

"We shall do very well," they replied, without letting him in, "when we've seen the last of you."

A villain may disguise himself, but he will not deceive the wise.

고양이와 새

고양이가 새장의 새들이 병들어 있다는 것을 들었습니다. 그래서 그는 의사로 변장하고 직업에 맞는 도구들을 가지고 새장 앞에 와서, 새들의 건강 상태를 물었습니다.

그들이 대답했습니다.

"우리는 아주 잘 지낼 겁니다."

새들은 그를 안으로 들여보내지 않고 대답했습니다.

"우리가 당신을 마지막으로 보게 될 때요."

악당은 변장을 할 수 있지만, 현명한 사람을 속일 수는 없다.

The Spendthrift and The Swallow

A Spendthrift, who had wasted his fortune, and had nothing left but the clothes in which he stood, saw a Swallow one fine day in early spring.

Thinking that summer had come, and that he could now do without his coat, he went and sold it for what it would fetch.

A change, however, took place in the weather, and there came a sharp frost which killed the unfortunate Swallow. When the Spendthrift saw its dead body he cried, "Miserable bird! Thanks to you I am perishing of cold myself."

One swallow does not make summer.

거지와 제비

재산을 낭비하고 남은 것이 아무것도 없는 거지는, 이른 봄 어느 화창한 날 제비 한 마리를 보았습니다.

여름이 왔다고 생각한 거지는 외투 없이도 살 수 있다고 생각해서 외투를 팔았습니다.

그러나 날씨에 변화가 일어났고 불운한 제비는 뾰족한 서리가 내려 불행히도 죽고 말았습니다. 거지는 제비 시체를 보고 울부짖었습니다.

"불쌍한 새야! 네 덕분에 내가 추위로 죽어가고 있어."

제비 한 마리가 왔다고 여름이 온 것은 아니다.

The Milkmaid and Her Pail

A farmer's daughter had been out to milk the cows, and was returning to the dairy carrying her pail of milk upon her head.

As she walked along, she fell a-musing after this fashion: "The milk in this pail will provide me with cream, which I will make into butter and take to market to sell. With the money I will buy a number of eggs, and these, when hatched, will produce chickens, and by and by I shall have quite a large poultry-yard. Then I shall sell some of my fowls, and with the money which they will bring in I will buy myself a new gown, which I shall wear when I go to the fair; and all the young fellows will admire it, and come and make love to me, but I shall toss my head and have nothing to say to them."

Forgetting all about the pail, and suiting the action to the word, she tossed her head. Down went the pail, all the milk was spilled, and all her fine castles in the air vanished in a moment!

젖 짜는 여자와 그녀의 들통

농부의 딸이 젖소의 젖을 짜기 위해 나갔다가, 통에 우유를 담아 머리에 이고 돌아오고 있었습니다.

그녀는 걸어가면서 즐거운 상상에 빠졌습니다. "통에 담긴 우유로 크림을 만들어야지, 크림은 버터로 만들어 시장에 가서 팔 거야, 그 돈으로 많은 계란을 산 다음, 그것을 부화시켜 닭이 되면 나는 꽤 큰 양계장을 갖게 되겠지, 그리고 닭 몇 마리를 팔아서 그 돈으로 축제에 입고 갈 새 옷을 사야지. 그러면 젊은 남자들이 좋아하겠지, 그리고 다가와 나를 사랑하게 될 거야. 나는 머리를 뒤로 젖히며 아무말도 하지 말아야지."

하지만 우유통을 이고 있는 것을 까맣게 잊고 행동을 취한 그녀는 머리를 흔들었습니다. 우유통은 아래로 떨어지고 모든 우유는 쏟아졌습니다. 그녀의 즐거운 상상은 한순간에 모두 사라졌습니다!